TAKE
SHOBO

異世界の酒場で運命の男が待っていました
ぬるいエールを魔法で冷やして

このはなさくや

Illustration
なま

MOON DROPS

異世界の酒場で運命の男が待っていました
ぬるいエールを魔法で冷やして

Contents

イラスト／なま

異世界の酒場で運命の男が待っていました

ぬるいエールを魔法で冷やして

MOON DROPS

第一章　きっかけはエール

「横、いいですか」

「……おう」

それは初めて入った酒場でのこと。

重い扉を開けた途端に冒険者らしき一団の盛り上がる声が聞こえて、私は反射的に眉を顰《ひそ》めた。

普段なら気にもならないはずなのに、今日は大声で話し笑う声がどうも耳に障る。

ただその場で踵《きびす》を返すのも憚《はばか》られて、私は集団から一番離れたカウンターに行き、先客の男に軽く頭を下げて席に着いた。

「ここのお勧めを」

「あいよ」

目の前に置かれたジョッキに、そっと口を付ける。薄い褐色の泡の下から現れた琥珀《こはく》色のエールは、口に含むとふわっと鼻に抜ける香りとともに、独特の甘みを舌に残した。

——これ、私が好きだったビールにちょっと似てる。

まさかこんな場所でまた味わえるなんて。思わず頬が緩んでしまうのがわかる。ただ惜しむらくは、エールがあまりにもぬるいことだろうか。

そういえば、この世界では冷たいお酒に出会ったことがない。氷の魔法はごく一般的なのに飲み物がどれも常温なのは、「飲み物を冷やす」という習慣がないのかもしれない。

ぬるいエールを飲みながらぼんやりそんなことを考えていた私は、ふと思いついて目の前のジョッキに両手を添えた。

エールの適温はだいたい十度前後だと聞いたことがある。あまり冷やしすぎても、逆に美味しくないのだとか。

液体を凍らせるのではなく、ジョッキを凍らせるイメージで魔力を流す。やがてジョッキが冷気を纏《まと》い白く冷たくなったところで、私は魔力を止めた。

……ん、美味しい。

試しに一口含んだエールは冷やされたことで味が締まり、鮮烈な苦みが喉を通り抜けていくのが堪らない。

先ほどと同じエールとは思えないくらいの変わりように、私は喉を鳴らして一気に飲み干した。

「おい、それはなんだ」

「え？」

突然のバリトンボイスに横を見ると、隣の先客がじっとこちらを見ていた。

酒場の暗い照明の下でまじまじと見ると、年齢は三十代後半だろうか。茶色い髪を短く刈った、鋭い三白眼のかなり人相の悪い男だ。

椅子に座っているにもかかわらず、私より頭一つ分以上は背が高い。分厚い胸板の逞しい身体のせいか、手の中にあるジョッキがまるでマグカップのように見える。

普通の女性だったら、声をかけられたら怖がって逃げ出すのではないだろうか、なんて失礼なことを考えた。

「それ、とは？」

「お前が今、飲んでた奴だ」

「ああ、普通のエールですよ。……ちょっと冷やしましたけど」

「へえ、美味そうだな。なあ、俺のエールも冷やしてくれねえか」

「はあ、まあいいですけど」

間を置かずに差し出された二杯の新しいエールに、私は先ほどと同じように魔力を流す。

やがて冷えてキンキンになったジョッキを男のほうへと押しやると、男は嬉《うれ》しそうにジョッキを持ち上げ、もう一つを私のだと顎で示した。

「そっちは俺の奢《おご》りだ。……へえ、よく冷えてるな。器用なもんだ」

そう言って一口ごくりと飲んだ男は、驚いたようにジョッキから口を離した。それからニヤリと笑うと、あっという間に飲み干した。

「こりゃあ美味い。冷たいエールってのもいいもんだな」

「それはよかった。元々ここバルデラードのエールが美味しいから、冷やすと余計美味しく感じるんでしょうね。今日初めて飲みましたが、お勧めだというのも納得です」

「そうだろう？　俺もそうだが、バルデラードに住む奴はこれしか飲まねえんだ。クックッ、それにしても魔力でエールを冷やす奴なんざ、初めて見たぜ」

「そうですか？」

「ああ、魔力の無駄遣いっつうか、贅沢《ぜいたく》な使いかただな」

「ふふ。確かにこんなふうに魔力を使う人間は、あまりいないかもしれませんね」

人相の悪い大男が無邪気に冷たいエールを喜ぶ姿が微笑ましくて、私もつられるように笑みを零す。

その時、後ろの集団から一際高い歓声が起こった。あまりの声の大きさに、私は思わず肩を竦《すく》めた。

……今日に限って彼らの声がこんなに気になるのは、自分で思っているより身体が疲れているからだろうか。今夜はこれで切り上げようか。こういう時は、無理をしないほうがいいのかもしれない。

私は目を瞑《つぶ》り、マントのフードの上からこめかみを強く指で押さえた。

「普段ならここはもっと静かなんだがな。今日は若い奴らがずいぶんと騒いでるようだ」

「ええ、そのようですね。皆さん楽しそうで羨ましい限りです」

そう言って私はエールをすべて飲み干し、席を立った。

「ごちそうさまでした。私はこれで」

「おい、待てよ」

少し眉を顰めた男は、急に欲望を滲《にじ》ませた眼差しで私をじっと見つめた。

「……なあ、上で飲み直さねえか。珍しい酒があるんだ」


連れて行かれたのは、男が長期滞在しているという部屋だった。

確かに室内には無造作に剣や防具が置かれ、長くここに住んでいるだろう生活感が滲み出ている。男性の部屋にしては意外なほどに片付いているのに少し驚いたが、ワイルドな外見に反して几帳面《きちょうめん》な性格なのだろうか。

この世界の酒場には、宿泊できる場所が併設されていることが多い。いや、たいていの宿屋には酒場が併設されている、と言ったほうが正しいだろうか。

そして酒を飲んでいて「上で」、「二階で」、もしくは「二人だけで」と誘われた場合、性的行為を含むお誘いだと考えてほぼ間違いない。

だからこそ珍しい。純粋にそう思った。普通なら一回限りの相手を、わざわざ自分のテリトリーに招き入れないだろう。

よほど手馴《てな》れているのか、それともあまりにも無頓着なのか。この男は一体どちらだろう……？

「たいしたもんはねえが、ゆっくりしてくれ。今、酒を用意するから……」

そう言って振り返った男は、私がマントを脱いだ姿を見て絶句した。

グラスを持ったまま目を瞠《みは》り、動きを止め固まった男の姿に、私は思わず苦笑する。

確かに酒場は薄暗かったし、マントのフードを被ったままだった。だけど、これはもしかして。

「……男だと思ってました？」

「あ、ああ……。いや、違う。いや、そうなんだが……、まいったな」

「ふふ、よく間違われますから気にしないでください。それより、もしかしてあなたは男性しか興味のない人だったりします？」

「はあ？」

「ええっと、つまり男性に対して性的興奮を……」

「ちょっと待て。一体なんの話をしているんだ？」

「え？　だって」

「いや、俺はだな、純粋に酒に誘ったつもりだったんだ。俺が持ってる酒も冷やすと美味くなるんじゃねえかと……、ああクソッ、そういうことか！」

突然なにかに気が付いたように男は舌打ちをすると、気まずそうに自分の頭を掻《か》く。その困ったような様子を見て、私は自分の失敗を悟った。

「……どうやら私の早とちりだったようですね。不快な思いをさせてしまい申し訳ありません」

手に持っていたマントを手早く纏《まと》い、部屋から出て行こうとしたところで、男の逞《たくま》しい腕がそれを阻んだ。

「違う。そうじゃねえ。俺は自分の迂闊《うかつ》さに呆れてただけだ」

「でも」

「だから、そうじゃなくてよ」

大きな手が私の頤《おとがい》を摑《つか》み、上を向かせる。突然色気を増した低音の声に、背筋がゾクリと震えた。

「こんないい女が隣にいて、気が付かないで呑気《のんき》に酒を飲んでた自分に呆《あき》れてんだ」

吐息の温度を感じる間もなく唇が奪われ、するりと脱がされたマントが音をたてて床に落ちていった。

「俺はカイスだ。……お前、名前は？」

「……ん……、美、希……」

「ミキか、なあミキ、お前、本当に後悔しねえか」

「……？」

うっすら目を開けて男を見上げると、その瞳には未だに戸惑いが浮かんでいるのがわかった。

「……私はもっと積極的にあなたを誘惑しないと、駄目なんですか？」

「いやそうじゃねえ。だが、なんだか信じられなくてよ」

「信じられない？　……私が？」

「違う。つまりだ、ミキみたいな綺麗《きれい》な女が、俺の腕の中にいるのが信じられねぇんだ」

「ふっ、ふふ」

思わず下を向いて吹き出すと男は眉間に皺《しわ》を寄せ、私の頬を指でそっと擦った。

「おい、なんで笑う」

「だってあなたが、」

「カイスだ。さんはいらねぇ。カイスと呼べ」

「だって、カイス、が、さっきからいい女とか綺麗とか言うから」

「ああ？　本当のことだろうが」

「私のこと、男だと思ってたんでしょう？」

「あー、……まったく俺はどこを見てたんだろうな。どこもかしこもこんなに華奢《きゃしゃ》なのによ」

「あっ」

「この首も、肩も、腰も、……壊しちまいそうで怖いくらいだ」

男の太い指が、私のシャツのボタンを慎重に外していく。そして剝き出しにされた首筋に、鎖骨に、胸元に、順番に唇を当てる。

まるで大切な物に所有印を押すような行為に、私の口から漏れる吐息が少しずつ熱を帯びていく。

やがて黒いレースの下着だけを纏った姿になると、男は鋭い瞳を細め、深く息を吐いた。

「野郎みてぇな服の下にこんなの隠してるなんてよ、反則だろう」

「……気に入った？」

「気に入るどころの話じゃねえ。もっとちゃんと見せてくれ」

男は軽々と私を横抱きにして、ベッドに運ぶ。そして覆い被さるように上に跨《また》がり、大きな手で下着ごと私の胸を包んだ。

「脱がすのがもったいねぇな。……ミキ、すごく綺麗だ」

「あ……んっ」

私は自分の胸が男の手の中で蹂躙《じゅうりん》されるさまを見ながら、優しい愛撫《あいぶ》に身体を震わせる。

感触を楽しむようにやわやわと胸を揉《も》んでいた男は、レースから透ける頂に顔を近づけるとそっと口に含んだ。

「んっ……」

熱い口の中で胸の突起が丹念に舐《な》められ、飴玉《あめだま》のように転がされる。

ちゅ、ちゅ、と柔らかく吸われるのが気持ちよくて、でもどこかもどかしい。

「ね、全部脱ぐから……あなたも、脱いで？」

「駄目だ」

焦れた私が強請るように上目遣いで見つめると、男はニヤリと笑って手早く自分の服を脱いだ。

「俺が脱ぐのはいいが、お前は全部俺が脱がす。せっかくの楽しみをとるんじゃねぇ」

薄暗い部屋の灯りが、無駄な物の付いていない引き締まった身体に濃い陰影を落とし、男の筋肉を引き立てる。

盛り上がった胸筋の下にあるのは、見事に六つに割れた腹筋だ。腰がくびれて見えるのは、余計な脂肪が付いていないからだろうか。そして一際存在感を放つのは、猛々しく反り返った男の雄。私は思わずゴクリと唾を呑んだ。

……すごい、大きい。それにこんな綺麗な筋肉、初めて見る……。

そっと手を伸ばして、日に焼けた滑らかな肌の感触を確かめる。それから鍛えられた筋肉の一つ一つをなぞった。

「おい、くすぐってぇぞ」

じっくり触り心地を堪能していると、男は苦笑いして私の手を取り、指先にキスをした。

「男の裸なんぞ、触っても面白いもんじゃねぇだろう」

「もっと、触りたい。すごく綺麗だし、素敵」

「ククッ、そんなこと言われたのは初めてだな。だが綺麗なのはお前のほうだ。……さあ、今度は俺の番だ」

男は慎重に下着のリボンを解き、暴かれた裸を大きな掌で撫《な》でていく。

焦らすように時間をかけてその手が胸に到達すると、待ちわびていた私の身体は歓喜に打ち震えた。

「あぁ……っん」

熱い舌が先端をチロチロと舐め、味わうように吸い上げる。もう片方の先端は二本の指で捏《こ》ねられ、優しく捩《ね》じられる。

男の口と手で丹念に愛撫された頂は痛いほど固く尖《とが》り、私は快感に太腿《ふともも》を擦り合わせた。

「あぁっ……」

「こんなに尖らせて、ずいぶんいやらしいんだな」

「ふ……ぁん……」

男は私の胸を吸いながら、身体のラインを丹念になぞっていく。腰の窪《くぼ》みを確かめた手が臍《へそ》をくすぐり、太腿を割って足を開く。そして濡《ぬ》れている場所を見つけると、蜜の滴る割れ目を確かめるように撫でた。

「すげえな。もうこんなに濡れてるぞ」

「や……言わない、で」

優しく割れ目を撫でていた指が、隠れていた秘芯を見つけて暴き出す。鋭い快感に、私は堪らず嬌声《きょうせい》を上げた。

「ああっ……そこ、だめ……んっ」

「駄目じゃねえだろう？　腰が揺れてるぞ」

蕩《とろ》けきった蜜道に太い指を入れると、男は中の襞《ひだ》を確かめるように内側をなぞり、ゆっくり動かし始めた。

「……指だけでもずいぶんきついな」

「んっ……あ……あぁ……」

男は私の膝を摑んで大きく開かせ、蜜に濡れた秘所に顔を近づける。次の瞬間、熱く湿った舌が淫芯を這《は》う感触に、びくんと身体が強張った。

「やっ……あ、それ、恥ずかしい」

「大丈夫だ。なにも考えずに俺に任せていりゃあいい」

「あぁ、そこで喋《しゃべ》ったら、だめ」

男は芯をぴちゃぴちゃと舐め、溢《あふ》れる蜜を吸いながら、指を動かして丹念に中を解す。やがて私が反応する場所を見つけると、指を二本に増やし、そこだけ押すように擦り上げた。

「んっ、そこ、だめ、あ、ぁ」

「だいぶ柔らかくなってきたな。……ずいぶん感じやすいな。ミキ、すげえ可愛いぞ」

陰核を吸いながら内側を搔き回され、空いた手が胸の飾りを執拗《しつよう》に弄ぶ。お腹の奥から湧き上がる疼《うず》きに、身体が激しく勝手に反応する。ビクビク跳ねる腰を押さえられて、男の熱い舌と指は私を絶頂へ導いていく。

……どうしよう、こんなに恋人みたいに優しくされたら、勘違いしてしまいそう……。

「いや、あ、あああぁぁぁっ」

男は大きく反らした腰を摑むと、少し早急な動作で火傷しそうな熱を蜜口に宛がった。

「悪い。もう我慢できねえんだ。……挿れるぞ」

「あ、あああぁんっ」

圧倒的な存在感が、みちみちと、まるで掻き分けるように私の中に侵入する。

あまりの太さと熱に私の身体が強張ったのがわかったのか、男は低く唸《うな》ると腰を止めた。

「……まだ狭いな。ミキ、力を抜け」

「ふ……あぁ、無、理」

「ミキ、目を開けて俺を見ろ」

いつの間にかぎゅっと瞑っていた目を開けると、そこにはとても心配そうに私を見つめる男がいる。

「俺の名前を呼ぶんだ、ミキ」

「あ……、カイ、ス……？」

「そうだ、ミキ、もっと俺を呼んでくれ」

額にうっすら汗が光る男はどこか苦しげで、けれどその声はまるで愛を乞うように甘く切ない。

「……カイス、カイス」

「いいぞ、ミキ……」

媚薬《びやく》のような声で私の名前を呼びながら、カイスはわざと音をたてて耳を舐める。そのたびに蜜道がビクビクと震えて、少しずつ張りつめた昂《たかぶ》りを呑み込んでいく。

ゆっくり、慎重に穿《うが》たれた熱い杭《くい》が一番奥の壁に当たって止まると、私は凄まじい圧迫感に息を詰め、全身を強張らせた。

「ミキ、大丈夫か」

「ん……カイス……」

いつの間にか眦《まなじり》に溜《た》まっていた涙を、カイスの唇が優しく吸い取る。

軽く触れるだけのキスが何度も顔に落とされて、促されるように開いた唇に、カイスの舌が進入する。

柔らかく舌が食まれ、吸われて、口の中から強張りが解されていく。自分からも甘えるように舌を絡めると、口付けがいっそう深まる。

すっかり緊張を解いた私の中が、脈打つ熱に合わせてビクビクと締まる。気が付くと、私は自分からカイスに腰の動きを強請っていた。

「カイスの、すごい、熱い、よ」

「ああ、……すげえ、熱いな」

「あぁ……ん」

ゆっくりと始まった抽送に、私は堪らず声を上げる。

入り口をゆるゆると掻き回し、中が十分に潤ったのがわかると、カイスは腰の動きを大胆に変えて私を攻め始めた。

穏やかだった動きが激しくなり、浅かったストロークがどんどん深くなる。

「ふ、あん、カイス、カイ、ス……すご、い、すごい、の……っ」

「ああ、ミキ、お前も最高だ」

ドロドロに溶かされた私の、淫靡《いんび》な蜜の音が部屋に響く。

深いところを突かれて溺れてしまいそうな快感に手を伸ばすと、その手をしっかりカイスが握った。

「カイス、そこだめ、私、イっちゃう、イっちゃうの」

「すっげえ、締まる……ミキ、いいぞ、好きなだけイけ」

「あ、あぁぁぁぁぁっ」

「……くっ」

一際激しくなった抽送に、瞼《まぶた》の裏が真っ白に弾ける。

私がビクビクと身体を仰け反らすと、しばらくしてお腹の上に柔らかい熱が広がったのがわかった。

「……ミキ、大丈夫か?」

「……ん、カイ、ス……」

荒い息のまま目を瞑り、快感の残滓《ざんし》に震える私の手を、カイスがずっと握っている。

その掌の温度に安心して、私は訪れた睡みに身を任せた。

遠くで微かに音が聞こえた気がして、ふっと意識が覚醒した。

目を開けると、そこは見慣れぬ狭い部屋だった。

薄明かりに目を凝らして周りを見回すと、ベッドサイドのテーブルに私の服が置いてあるのが見える。

自分の畳み方とは違う服と、その脇に置かれた茶色い液体が注がれたグラスに、私は自分がどうしてここにいるかを思い出した。

酒場でカイスという男に会って、部屋に来た。……そう、そうだった。

寝ている間に拭いてくれたのか、ずいぶん身体がすっきりしている。

そんなことにも気が付かないほど深く寝ていたのかと呆れながら、私はもそもそと服を着た。

辺りの様子を窺《うかが》うけれど、部屋に男の気配はない。しばらく待ってみて、もしかしたらさっきのは男が出て行く音だったのかもしれない、と思い至った。

ベッドサイドに残されたグラスを手に取ると、ふわりと芳醇《ほうじゅん》なウィスキーの薫りが立ち上る。男の瞳と同じ琥珀色の液体をそっと口に含むと、それはピリッとした刺激を私の舌に残し、熱と一緒に喉を滑り落ちていった。

……部屋を出て行ったのは、もう私は用済みということかな。

私はグラスの中身を一息に煽《あお》ると、マントを被り部屋を出る。そして夜の闇に紛れた。

私の名前は野中《のなか》美希。二十九歳の日本人だ。

あれは今から四年ほど前になるだろうか。私は仕事帰りに、突然この異世界に迷い込んでしまった。

ここは冒険と魔法が存在する、いわゆるファンタジーの世界だ。エルフやドワーフ、そして獣人といった複数の種族が共存する。

最初は戸惑うことも多かったものの、幼い頃から引っ越しが多く、県外の大学に行くために十八の時から一人暮らしだった私は、環境の変化に強かったようだ。今ではバイヤーだった経験を生かし、商人として生計をたてている。

扱う商品は多岐に亘《わた》る。食材や布、宝石等の服飾品、化粧品や薬草、それから武器といった品物まで、探せと言われればなんでも探す。

複数の商会と契約を交わし、あちらの街からこちらの街へ、目ぼしい物を仕入れては売り込みに行くのだ。

そんな私が今回この街にやって来たのは、とある「目的」のためだった。

だいたい一年に一度の割合で、私はその「目的」のために、新たな商材の発掘と称して旅に出る。

なるべく拠点とする街からは距離が離れていて、かつ今まで行ったことのない街へ。

街の規模は大きすぎず、でもあまり小規模でもいけない。

昼間は真面目に市場調査に出かけ、夜になると酒場へ繰り出してターゲットを探す。

積極的に声をかけてくる奴は相手にしない。

深酒しているのも駄目。

適度にお酒を飲んでいて、適度に用心深い。そんな男が理想的。

――そう、一晩の相手として。

小さい頃から手のかからない子だと言われていた。

両親が共働きという環境で育ったせいかもしれないけれど、人に頼る前に自分ですべてやってしまうのは、単にそのほうが楽だからに過ぎない。

学生の時は優等生と言われた。会社ではできる女だと言われ、友人には頼りになると言われ、恋人には可愛げのない女だと言われた。

ある日突然異世界に迷い込んで、驚き、戸惑い、不運を嘆いた裏で、私はひそかに期待もしていた。

ここならまったく別の人間になれるかもしれない。男に素直に甘え、頼ることのできる可愛い女になれるかもしれない、と。

けれど、どこにいても、何歳になっても、私は私だった。この世界の人たちにまで男まさりだと言われた時は、正直笑ったものだ。

そして結局のところ、私はそういう自分が好きなんだと思う。

この世界に腰を据えると決めた私は、色々なことが吹っ切れた。ある意味、日本にいる時より呼吸が楽になった気がする。

だからこそ、日本での経験が生かせるバイヤーという仕事が通用したのは、本当に僥倖《ぎょうこう》だった。

この世界は工業製品のような大量生産品がないぶん、例えば単価の安いハンカチ一枚をとっても、製作者の力の差が歴然と出る。

顧客からの注文の品を探す中で、埋もれた才能と出会い、それが磨かれ、そして本人が世間で認められるようになった時は、この仕事をやっていてよかったと心の底から嬉しくなる。

女一人で大変なことも多いけれど、仕事はやりがいがあるし、楽しい。いつかはお金を貯めて自分の店を持ちたいという、ささやかな目標もできた。

忙しさにかまけて仕事以外で人との付き合いはほとんどないけれど、そのぶん人間関係で煩わされることはない。

けれど、時々どうしようもなく温もりが欲しくなる時がある。

だからそんな時は、一夜の相手を見知らぬ街で探す。

そしてその間だけは、与えてくれる熱のぶんだけ従順に甘える女になる。

翌日、早朝に目を覚ました私は、街を発つ前に冒険者ギルドへ向かった。

冒険者ギルドは絶好のマーケティングの場だ。たいていの冒険者ギルドでは、朝になると新規の依頼を一斉にボードに貼り出す。目ぼしい依頼は早い者勝ちなので、熱心な冒険者は早朝からボードの前に並ぶのだ。

私が知りたいのは、この街でどんな依頼が出されているかとその相場、そして優秀な冒険者の情報だ。ネットや新聞などの情報伝達手段が発達していないここでは、生きた情報は自分の足で集めるのが基本なのだ。

ギルドに着いた私が入り口の扉を開けようとすると、突然後ろから伸びた太い腕がそれを阻んだ。

驚いて振り返ると、そこにはものすごい形相で私を睨《にら》む人相の悪い男が立っていた。

「……カイス？」

カイスは手首を摑んで私を建物の脇にある人目の少ない壁際に連れて行くと、両手を壁について腕の中に閉じ込めた。

カイスの身長は恐らく一九〇以上はあるだろう。しかも服の上からでも筋肉がはっきりわかる逞しい身体を黒ずくめの装備で覆い、腰に佩《は》くのは大ぶりの黒い革鞘《かわざや》の剣だ。

そんな男が憤怒の形相で睨むのだ。傍から見れば、私は完全に絡まれているように見えるに違いない。現にこちらを見て慌てたように立ち去る人影が、さっきからチラチラと視界の端に映る。

それにしても、なぜこの人はこんな顔をしているのだろう。私は彼を怒らせるようなことをしでかしたのだろうか。

「……あの、なにか用ですか？」

「……なんで昨日は勝手に帰った」

「え？」

「だからなんで昨日は一人で帰ったんだ。あんな夜遅くに女が一人で出歩くなんざ、危ねえだろうが」

「……え？」

「だからだ、お前みたいな綺麗な女が夜遅くに一人で外を歩くなと言ってるんだ。部屋に一人にしたのは悪かったが、少し待てばちゃんと送っていってやったのによ。どんだけ俺が心配したと思ってるんだ。……まったく」

ついと伸ばされた手が、あやすように私の頭を撫でた。

「宿の名前も聞いてなかったし、俺が知ってるのはお前の名前だけだ。一か八かここで張ってたんだが……まあ無事が確認できてよかった」

「もしかして、私を探してたんですか？」

「ああ」

「昨夜からずっと？」

「ああ」

「……どうして？」

「……ヒマだったんだよ」

思わずまじまじとカイスの顔を見上げると、眉間の皺は恐ろしく深いけれど、その鋭い目には安堵《あんど》の色が浮かんでいるのがわかる。

この人は、たった一夜の相手に過ぎない私のことを、今までずっと探していたのだろうか。ただ無事を確認するだけのために……？

私は深く息を吐いて目を瞑り、マントのフードの上からこめかみを強く指で押さえた。こんなに人相が悪いのに実は優しい人だなんて、それこそ反則ではないだろうか。昨日もまるで大切な恋人みたいに扱うし、しかもあれからずっと私を探してここで待っていただなんて。

故郷を遠く離れた異世界に独りで暮らす女は、こういうのは駄目なんだ。勘違いするじゃないかと、声を大にして言いたくなる。

「大丈夫か？」

「え？」

「昨日も酒場でそうしてただろう。頭でも痛えのか？」

「……頭が痛かったらどうだっていうんですか？」

「ああ？」

「そうなんです。私、頭が痛いんです。ぐらぐらするんです」

「おい、どうした急に。ちょっと顔を見せてみろ」

そう言って強引に私のマントのフードを取ったカイスは、ひどく驚いた顔をしたあと、今度は眉を下げ困ったような顔になった。

そりゃあそうだ。いい大人が泣きそうな顔をしていたら、誰でも困惑するだろう。

カイスはまるで壊れやすいガラスを触るかのように、そっと私の眦を指でなぞった。

「まいったな、泣くほど痛いのか。昨夜、俺が無理させたからか？　一体いつから我慢してたんだ。とりあえずどこかで横になったほうがいい。ギルドに行くか？　いやそれとも俺の宿のほうがいいか？」

「……カイスが泣かせたんだから、ちゃんと責任とってください」

「ああ？」

小さく呟《つぶや》いた声は聞こえなかったのか、カイスは間近に顔を近づける。

私は顔を上げて、心配そうに覗《のぞ》き込むウィスキー色の瞳をじっと見つめ返した。

「私、これからブリスタへ帰る予定なんです」

「お、おう、そうか。だが大丈夫なのか？　ブリスタっていったらバルデラードからだいぶ遠いだろう。体調が悪いんなら今日は無理しねぇほうがいい」

「ええ。本当はブリスタまでは、連絡馬車を乗り継いで帰る予定でした。でもカイスの言う通り、私は体調が悪いんです。だから、ギルドで護衛を頼もうかと思います」

「確かに護衛はいたほうがいいな」

「それで相談ですが、この街で信頼できる冒険者に心当たりはありませんか？　カイスに紹介してもらえるなら、直接本人に護衛を頼もうと思います」

急に壁から手を放したカイスは一転顔を顰《しか》め、腕を組んで真剣に考え始めた。

「……お前の護衛を頼むなら、信頼できて実力のある奴じゃねえとな。心当たりがあるにはあるが、ちょっと報酬が高くなる。それでも構わねえか？」

「それは困りましたね。今回用意できる報酬は、現物支給になると思うので」

「現物支給？　なんだそれは」

「そうですね、例えばブリスタに着いたら冷たいエールをご馳走《ちそう》します、というのはどうでしょう。足りないようならお好みの報酬も検討しますが……。でも、そんな報酬で引き受けてくれる物好きなんて、いないかもしれませんね」

　カイスは驚いたように顔を上げて目を瞠ったあと、いきなり私の腰を強く抱き寄せた。

「おいミキ、お前、本当にそれでいいのか？」

「いい、って？」

「わかってんだろう。……俺は本気にするぞ」

「……やっぱり、私はもっと積極的にあなたを誘惑しないと駄目なんですね」

　逞しい胸に頭を付けくすくす笑うと、カイスは私の頤に手を当てて上を向かせる。

　そして私の好きな低い声が耳元で響いた。

「……そんな報酬で護衛を引き受けるような奴は、一人しか心当たりがねえ。だがまずは好みの報酬とやらを先にくれよ。……いいだろう？」

「ふふ……もちろん喜んで」

　やがて降ってきたのは、貪るような激しいキスだった。

第二章　二人の距離

「……じゃあ」

「おう」

扉の前で交わされる挨拶があまりにも素っ気なく終わって、そのまま扉が閉められる。

甘い雰囲気のかけらもなく、期待する余地すら持たせないのがいっそ清々しい。

私は目の前で閉じられた扉を背にして、そっと溜息《ためいき》をついた。


バルデラードで正式に護衛の契約を結んだ私たちは、馬車を乗り継ぎ三日かけて、私の拠点であるブリスタの街に戻ってきた。

そしてそれから二週間が経過した今も、カイスはここブリスタに、しかも私と同じ宿に滞在したままだったりする。

朝起きて食堂に向かうと、タイミングを見計らったかのようにカイスが自分の部屋から出てくる。そのまま一緒に朝食を摂り、私が商業ギルドに出かけるのと同時に、カイスも宿を出る。そして夜になり私が夕飯を食べる時は、なぜかカイスも同じテーブルに座り、その後は今みたいに互いの部屋に戻るのだ。

この世界の男性は、かなりがっつりした肉食系なのだと思っていた。元いた世界の男性はアムールの国や情熱の国の男性ではないにしろ、気に入った女性には積極的かつストレートにアプローチするのだと、勝手にそんなイメージを持っていた。

けれど、カイスはブリスタへの道中では護衛という立場を崩すことはなく、無事に到着したあとも私に一定の距離以上に近づくことはない。乱暴な言葉遣いに不遜な態度であるにもかかわらず、実際の行動は驚くほどに紳士的なのだ。

私はベッドルームに移動すると、大きな姿見の前に立った。

鏡の中にいるのは、男物の服を着た黒髪黒目の地味な女だ。

バイヤーという仕事柄、身だしなみには気を遣っているつもりだけれど、顔や身体のつくりはどうしようもない。

日本にいた時は高いほうだった一六五センチの身長も、日本人的には標準サイズの胸も、こちらではずいぶん小柄で貧相に見えるだろう。それに、この世界に多い欧米系の彫りの深い華やかな顔立ちの中では、私のような典型的アジア人種の顔はさぞ地味に映るに違いない。

逃げるように鏡から離れた私は、勢いよくベッドに突っ伏した。

……あの夜の出来事は、カイスの中ではすでに終わったことなんだろうか。だとしたら、私にはもう興味がないのかもしれない。

それをほんの少しだけ残念に思うと同時に、どこか安心している自分がいる。

女性として扱われるのは嬉《うれ》しいけれど、私はこの世界で特定の相手を作るつもりはない。

私にはいつかは日本に帰るという大きな目標があるのだ。なにより日々の糧を得るのに精一杯な状況で、恋愛にかまけている場合ではない。

それに……私はこの世界で誰かに依存するのが怖い。

誰かを好きになって、日本に帰る時に心残りができてしまうのが怖い。それ以上に、好きになった相手に手ひどく裏切られるのが怖いのだ。

なにかのきっかけで私が異なる世界の人間だと露見したら、一体どうなるだろう。

以前、私に魔法を教えてくれたエルフの師匠は言っていた。普通の人間には魔法は使えないのだと。

この世界で魔法を使えるのはエルフやドワーフ、ホビット等の精霊族と獣人のみ。人間で魔法が使えるのだとしたら、それは彼らの血が混ざる混血なのだと。

「あなたはかなり高度な魔法が使えますが、それは隠しておいたほうが無難です。純粋な人間であるあなたが魔力を持つと知られたが最後、どう利用されるかわかりません」

ゾワリと背筋に冷たいものが走り、私はそっと腕を摩る。

カイスはそんな人ではないと信じたい。けれど、私が異なる世界の人間だとわかった時に、それをどう感じるかはわからない。

……そうだ。カイスは一夜の相手だ。いつものように適切な距離を保ち、これ以上は深入りしないほうがいい。

あの絡みつくような視線も、壊れ物を扱うように優しい手も、気が付かないふりをしたままのほうがいいんだ。きっと。

再び溜息をついた私は、ぎゅっと目を瞑《つぶ》った。

商業都市ブリスタ。この街は商業が盛んなことで有名な中規模都市である。

街を治める領主自らが率先して商売をすることもあり、街のメインストリートには国内外から集まる有名商店が軒を連ね、街を行く人は華やかに流行を競い合う。

バイヤーである私が住むには、まさにうってつけの土地とも言えるだろう。

私がこの街にやってきたのは、今から二年ほど前になる。

当時、私は日本に帰る手がかりを探すために、さまざまな土地を旅していた。

旅の出発地は私がこの世界に落ちた場所、エルフの国シェラルディ。そこから知り合いの伝手を頼りにマリネッラ王国にやってきた私は、一旦この国に拠点を置くことにした。

交通手段が馬車や馬などの動物くらいしかないこの世界では、長距離の移動はかなりの日数と費用を要する。エルフの国である程度のお金を得ていたものの、旅を続けるにはきちんとした仕事に就き、安定した収入を得る必要があったのだ。

弱肉強食がまかり通るこの世界、女性はどうしても立場が弱くなる。男尊女卑どころか女性の人権が認められていない国すらある中で、マリネッラ王国は女性が対等な立場で商売ができる希有な国であった。

そしていくつかの街に滞在したあと、私は最終的にここブリスタに住むことを決めた。

ブリスタは私の求める条件に合う理想的な街だった。初めてこの地を訪れた時、私は街の綺麗《きれい》さと日本並みの治安のよさに、とても驚かされたものだ。

そしてもう一つ、決定的な決め手となったのは――。


「カイス、たまには飲みに行きませんか？　ほら、バルデラードで冷たいエールを奢《おご》るって約束したでしょう？　エールの種類が豊富で、料理も美味しくてお勧めのお店があるんです」

ふとバルデラードで交わした約束を思い出した私は、カイスを馴染《なじ》みの店に誘った。

ブリスタ名物の一つに、街の至る所にある酒場が挙げられる。

なんでもブリスタの初代当主は、かなりの酒豪だったそうだ。そもそもこの街の商業が発展したのも、国内外から珍しい酒を取り寄せるためだった、なんて逸話が残っているくらいだ。相当の呑兵衛《のんべえ》であったのは間違いないだろう。

おかげでこの街には滅多に見かけないワイン専門店やエールのパブ、そして世界中の酒が集まると豪語する酒場まで、多種多様の酒場が存在するのだ。

その日カイスを案内したのは、お気に入りのパブだ。本場イギリスを彷彿《ほうふつ》とさせる長いカウンターにはずらりと酒瓶が並び、エールはもちろん、カイスが好むウィスキーも豊富な種類が揃《そろ》うと評判だ。

並んでカウンターに座ったカイスは一通り瓶を睨《にら》んだあと、私と同じエールを注文した。

「バルデラードのエールも美味しかったけど、ブリスタのエールもなかなかですよ。すぐに冷やしますね」

「いや、今はいい。まずは飲もう」

運ばれてきたのはかなり大きなジョッキなのに、カイスが持つとやっぱりマグカップみたいに見える。それがおかしくてこっそり笑っていると、カイスは自分のジョッキを私のジョッキに軽く当てた。

「ふふ、今日もお疲れさまでした。乾杯」

「……ああ」

私も真似をして自分のジョッキを当て返すと、カイスはなぜか顔を顰《しか》め、無言でジョッキを煽《あお》った。

「ブリスタはどうですか？　バルデラードとはずいぶん様子が違うでしょう？」

「……悪くはねえな」

「宿も以前カイスが泊まっていたところとは雰囲気が違うと思いますが、住み心地はどうですか？」

「……いいんじゃねえか」

「あの……、なにか怒ってます？」

まるで心ここにあらずといったカイスの様子と、間になにか挟めそうなほど深い眉間の皺《しわ》に、私は首を傾げる。

ここに来るまではいつもと変わらなかったのに、一体どうしたんだろう。私はなにか彼を怒らせるようなことをしたんだろうか。

「ああ？　いや、そうじゃねえ。その……悪かった」

カイスは大きく息を吐くと空になったジョッキを置き、なにかを決心したように私を見つめた。

「これで護衛の契約は終わりってことだな。まあ、依頼が無事終わってよかったよ」

「待ってカイス。一体なんの話をしてるの？」

「ああ？　バルデラードで護衛の報酬は冷たいエールでとか言ってたじゃねぇか。俺を飲みに誘ったってことは、契約は終わりにしてえって意味だろう？」

アルコールで浮かれていた熱が、すっと冷めていくのがわかった。

契約は終わりって……つまり、今までは契約だったから私と一緒にいたの？

あの熱い視線も、エスコートするように優しく差し出される手も、全部私の勘違いだったってこと？

……なんだ。私一人で意識しちゃって、馬鹿みたい。

私は無理やり口角を上げた。

「……そうですね。改めてお礼を言わせてください。カイスに護衛を引き受けてもらって本当に助かりました。せっかくだから、今度は冷たいエールで乾杯しませんか？」

「ミキ、お前なにか怒ってんのか？」

「いいえ、怒ってなんかないですよ？　そうだ、今回はとても助かったから、正規の報酬に色を付けてお支払いしますね。明日にでもギルドで手続きしますから、ちゃんと受け取ってください」

「おい、待てよ。いいからちょっとこっちを向け」

カイスは強引に私からジョッキを奪うと、両手で私の頬を挟んで自分のほうに向かせた。

「なんだ、なんで泣きそうな顔してんだ。俺が気に障ることでも言ったか？」

「違います。カイスには関係ないから。……だから私に触らないで」

「俺が泣かせたんだろう？　まいったな。お前を傷付けたなら悪かったよ。頼むからもう泣くな」

私を心配そうに覗《のぞ》き込むカイスの瞳が辛くて、ぎゅっと目を瞑る。その途端にポロリと溢《あふ》れた涙を、太い指がそっと拭った。

「……なあ、ミキは俺が嫌いか？」

「……え？」

驚いて目を開けると、困ったように眉を下げたカイスと目が合った。

「私は……」

嫌いじゃない。そもそも嫌いな男にわざわざ護衛なんて頼まない。

だけど、好きかと尋ねられたら、きっと私は困ってしまう。

本当なら今、この場ではっきり線を引くべきだ。私も護衛の契約があったから今まで一緒にいたのだと、そう告げればいい。でも……。

咄嗟《とっさ》に言葉に詰まる私に、カイスが苦笑いする。

「ミキが俺を警戒してるのはわかってる。お前は自分のことは一切話さねえし、いつだって俺に敬語だしよ」

「それは、だって」

「俺はこんな面だしずいぶんおっさんだ。それに元傭兵《ようへい》だしな。お前みてえなお嬢さんに相応しくないのはわかってる。だから一度はミキを諦めようと思ったんだ」

「私を諦める？　カイスが……？」

「ああ。バルデラードからこっち、お前に触らねえようにずっと我慢してたんだぞ。気が付いてたか？」

「でも、カイスは依頼だったから、護衛だから私と一緒にいたんでしょう？」

「違う、そうじゃねえ。いや、そうなんだが……、まいったな」

「ふ、ふふふ」

慌てたように口ごもり、気まずそうに頭を掻《か》く様子に、初めて出会った夜のカイスが重なる。

そうだ。あの時も、こんなふうに焦ったように言葉を重ねていた。その不器用だけど正直な言葉を紡ぐカイスに、私は好意を抱いたんだ。

つい声を出して思い出し笑いすると、カイスはほっとしたように表情を緩めた。

「ああ、この顔だ。……俺が最初に気になったのは、お前の笑顔だ」

「笑顔？」

「そうだ。酒場で声をかけたのも、やけに嬉しそうにエールを飲んでたからだ。自分では意識してねぇんだろうが、お前、普段は作り笑いしてるだろう。それが時々崩れて無防備に笑う時があるんだ」

「でも酒場では私、ずっとフードを被っていたでしょう？」

顔は見えてなかったのではという私の疑問に気が付いたのか、カイスは意地悪そうに口の端をつり上げた。

「あんな狭い酒場で魔力を使えば、覚えのある奴は誰でも気付く。酒場でもフードを外さねえ怪しい奴がいきなりなにを始めるのかと思えば、魔力でエールを冷やしてんだ。しかも美味そうに飲みやがるしよ。お前、あそこでずいぶん注目されてたんだぞ」

そんなつもりはなかったのだけど、エールを冷やす行為は、どうやら相当目立っていたらしい。私は顔が熱くなるのがわかった。

「ミキが冒険者じゃねぇのはすぐわかった。魔力の使いかたもそうだが、無防備だしな。だが貴族でもねえようだし、商人辺りだろうと見当をつけてたんだが……外れか？　とにかく、最初はお前が美味そうに酒を冷やすもんだから、部屋に誘ったんだ。面白そうだと思ってな。……まあ俺は盛大に勘違いしてたんだがよ」

カイスは私の肩を抱き寄せると髪を一房手に取り、そっと口を付けた。

「この珍しい黒髪も、黒い瞳も、それから華奢《きゃしゃ》な身体も、どこもかしこも全部俺の好みだ。なあ俺にチャンスをくれ。俺のことをすぐに信用しろなんて言わねえ。ただミキの側にいることを許してくれ」

「カイス、私は……」

唐突な親密な空気に戸惑う私の言葉を、少し擦《かす》れた低い声が遮る。

「いや待て。今はなにも言わなくていい。俺がどれだけ我慢してたか、これからたっぷり時間をかけて教えてやるからよ。……ミキ、覚悟しとけよ」

耳朶《じだ》を打つ声は甘く、薄暗い灯りの下で光る瞳は、まるで獲物を狙う獰猛《どうもう》な獣のように見えた。

*　*　*

「ねえカイス、明日なんだけど、よかったら私の部屋に来ない？」

「ああ？　わざわざ部屋で話さなきゃなんねえ用事でもあんのか？」

「ううん、違うの。たまにはその……手料理でもご馳走《ちそう》しようかと思ったの。迷惑かしら」

日本で最後に恋人がいたのは、いつだっただろう。

気になる人がいたことは多々あれど、きちんとした交際に発展したのは、もしかしたら入社直後が最後だったかもしれない。

お相手は、入社研修で親しくなった同期の男性だった。同じ総合職の枠で採用されたものの配属先はまったく違う部署で、忙しくしている間に気が付けば自然消滅……という流れだった。

私はまだ付き合ってると思っていたのに、風の噂《うわさ》で売り場の派遣スタッフと交際を始めたと聞いた時は、さすがにショックだったのを覚えている。

だからというわけではないけれど、久しぶりにできた気になる相手……つまりカイスという存在に、自分でも多少浮かれてる自覚はある。

そしてそんな柄ではないのも十分承知しているけれど、私は無性に恋人めいたイベントをしてみたくなってしまったのだ。

とはいえ、私は異世界に来てからろくに料理をしたことがない。正確に言うと、日本でもほとんど料理をした経験がない。

私が普段料理をしない理由、それは私が小学六年生の時にまで遡る。

その日、家庭科の調理実習で味噌汁《みそしる》を作った私は、家に帰ると早速一人でキッチンに立った。

共働き世帯で一年生の時から鍵っ子だった私は、当時すでに電子レンジを使った簡単な料理はできるようになっていた。だから習ったばかりの味噌汁を作って両親を驚かそうと、ワクワクしていたのだ。

味噌汁の具材はじゃがいもと玉ねぎだ。まずは煮干しの頭とわたを取り水につけ、浸している間にじゃがいもの皮を剝いて水に晒《さら》す。それから玉ねぎをくし切りにする。

教わった通りの手順で左手にじゃがいもを持ち慎重に皮を剝いていた私は、手を滑らせた拍子に親指の関節の皮膚を切ってしまった。

指から溢れる血でじゃがいもが染まり、白いまな板が赤く汚れていく。

傷の痛みにばくばくと心臓が音をたて、涙が溢れた。

このまま血が止まらなかったらどうしよう。親が帰ってくるまでずっと血が止まらなかったら。

どうしよう、どうしよう、とぐるぐる回る私の頭にやがて浮かんだのは、なぜか親に知られたら怒られるのではという不安だった。

大人になった今ならわかる。親は心配することはあっても、決して怒ることはなかっただろうと。

だけど小学生の私は、頑なに親に怒られる、なんとか誤魔化さなければと思い込んでしまったのだ。

泣きながら冷たい水で何度も指を洗った。傷は浅かったのかすぐに血は止まり、絆創膏《ばんそうこう》を巻いた私は包丁とまな板を洗って、じゃがいもも煮干しも全部ゴミ箱に捨てた。

その後、両親が帰ってからのことはあまり記憶にない。恐らく何事もなく過ごしたのだと思う。

けれど、その時の痛みと大きな音をたてる心臓、そして鈍色に光る包丁の刃に感じた恐怖は、幼かった私の心に強い印象を残した。

包丁が苦手になったのはそれからだ。キッチンに立ち包丁を持つと動悸《どうき》が激しくなり、手が震える。やがて背筋に冷や汗が流れるようになるのだ。

日本で暮らしていた時は、包丁を使わなくても問題なく料理ができた。すでにカットされている食材を用意し、野菜や果物の皮はピーラーで剝く。どうしても切る必要がある時は、ドイツ製のキッチン鋏《ばさみ》で代用した。

こちらの世界に来てからは、私は最初から自分で料理することをすっぱり諦めた。見たこともない食材も多いし、万が一怪我をしても助けてくれる人はいない。そもそもが包丁ではなくナイフなのだ。そこからしてハードルが高い。

それくらい慎重に用心深く過ごしてきた私が、異世界で初めて料理に挑戦するのだ。なるべくナイフを使わずに済むように、メニューは吟味して決めた。

メインはいいお肉をステーキにして、付け合わせは皮付きのままじゃがいもを蒸してマッシュにしよう。サラダは数種類の野菜を手でちぎればいいし、トッピングはゆで卵をミモザサラダみたいに潰して散らしたらどうだろう。あとはパンとチーズとワイン、デザートに果物を用意すればいい。

そして迎えた当日、昼過ぎから料理を始めた私は、鼻歌交じりに支度をしていた。ステーキのソースはなかなかの味に仕上がった。じゃがいものマッシュも上出来だし、サラダは彩りよく美味しそうに見える。あとはカイスが来てから肉を焼くだけ。すべてが順調だった。

ご機嫌でグラスを並べていた私は、用意したパンを見てふと思った。パンくらい簡単に切れるわよね、と。

なんの気負いもなくカッティングボードの上にパンを置き、私はナイフを握った。押さえていた固いパンが不意に転がり、ナイフの刃が左手の親指の付け根に吸い込まれていくのは一瞬だった。

「いっ……」

咄嗟に両手を離したけれど、じわりと滲《にじ》む血は、やがて流れて手を伝うようになった。じんじんと痛む手に動悸が激しくなり、肩が上下に揺れる。背中を冷たい汗が落ちていくのがわかった。

……落ち着こう。私は意識して大きく呼吸をしながら、右手で強く左手首を摑《つか》み、目を瞑った。

落ち着いて。落ち着こう。大丈夫、私はもう大人、対処法も知ってる。カイスが来る前に血を止めて、この手をなんとかすれば……。

その時、部屋のドアを激しく叩《たた》く音が聞こえた。

「……だ、誰？」

「俺だ。ミキ、入っていいか？」

「駄目！　その、まだ支度が終わってなくて。ごめんなさい、少しだけ待ってもらえるかしら」

約束した時間まで一時間以上はある。料理の支度も終わってないし、なにより今部屋に入ってこられたら、私が怪我をしたことがばれてしまう。だから慌ててそう言うと、扉の向こうから聞こえる声のトーンが、明らかに下がった。

「……そこに誰かいるのか？　ここを蹴破られたくなければ鍵を開けろ。それができねえなら、ミキはなるべくドアから離れてろ」

「え？　ちょ、ちょっと待って！」

私が動く前に、バンッという大きな音とともにドアが開いた。

あまりの勢いに瞑った目を恐る恐る開けると、そこには抜き身の剣を片手に、ものすごい形相をしたカイスが立っていた。

ピリピリした空気を纏《まと》ったカイスは素早く部屋の様子を一瞥《いちべつ》すると剣を鞘《さや》に戻し、私の左手をぐいと持ち上げた。

「怪我をしたのか。見せてみろ」

「あ、あの、これは……」

狼狽《うろた》える私をよそに、カイスは自分の手が血で汚れるのを気にせず、入念に怪我の状態を調べる。私の掌を開かせて慎重に指を引っ張っていたカイスは、やがて安心したように頷《うなず》いた。

「範囲は広いが、皮一枚が切れてるだけだ。大丈夫だ」

「う、うん、大丈夫よ。その、少し切っただけだから、ちっとも痛くないし。ごめんなさい、迷惑かけちゃって」

「ミキ」

「あとはお肉を焼くだけなの。だからカイスは座ってて？　今、手を洗うから……」

「ミキ、いいから力を抜け」

「え？」

「無理に平気そうなふりをする必要はない。見ろ、指がこんなに白くなってる。力が入ってる証拠だ。血が出て驚いたんだろう？　俺がいるからもう大丈夫だ」

私の手をまるごと握るカイスの掌は、大きくて、力強くて、ほっとするほど温かい。

ふっと手の力が抜けたのがわかったのか、カイスは私を抱き上げるとそのまま椅子に腰を下ろした。

「……ごめんなさい、ちょっと手を切ったくらいで狼狽えちゃって」

「ミキ、怪我をしたことを謝らなくていい。迷惑だなんて思ってねぇしな」

「でも、どうして私が怪我をしたのがわかったの？　もしかして私の声が聞こえた？」

「血の臭いがしたからな。……長い間傭兵なんてやってると、妙に鼻が利くようになるんだ。まあ今回は役に立ったがな。それよりミキ、ずいぶん震えてるな。寒いのか？」

話しながらカイスは後ろから太い腕を回し、まるで親鳥が雛《ひな》を温めるように私を抱きしめる。

熱いくらいの体温と、微かに感じるカイスの匂い。逞《たくま》しい腕と分厚い胸板にぎゅっと包まれて、私はようやく自分が震えていることに気が付いた。

「血が出たから身体が驚いたんだろう。安心しろ。ミキになにかあればいつでも俺が助けてやる。……俺はお前の専属の護衛だからな」

頭の上から聞こえるカイスの落ち着いた低い声に、少しずつ震えが収まっていく。

……ああそうか、カイスの前で無理をしなくてもいいんだ。

そう思った途端に、身体から力が抜けていくのがわかった。

「少しは落ち着いたか？」

「……うん、ありがとう」

そういえば小学生の時も、怪我をしたことを親に隠さなくてはと焦った覚えがある。

きっと怒られると、当時の私はそう思っていた。でもそれは、「こんな簡単なことで怪我をする不器用な私」を知られて、がっかりされるのが怖かったのかもしれない。

両親は怪我をして心配することはあっても、がっかりすることはなかっただろうに。

――今のカイスと同じに。

私の震えが止まったのがわかると、カイスは椅子から立ち上がって傷の手当てを始めた。慣れた様子で血を洗い流して薬をつけると、最後に大袈裟《おおげさ》なくらいぐるぐると包帯を巻いてくれた。

「よし、これでいいだろう。念のため今日はもう水を使うんじゃねえぞ。いいな」

「でも、夕飯の支度が途中なんだけど」

「それは俺が代わる。あとは肉を焼くだけでいいんだな？　ミキは大人しく座ってろ」

「え？」

カイスはキッチンに立つと手際良く肉を焼き始めた。合間にパンとチーズをカットして、更には置いてあったフルーツまで一口サイズに切って、綺麗にお皿に盛り付けていく。

呆気《あっけ》にとられる私の前にお皿を並べ、ワインをグラスに注ぐ手つきは、どう考えても私より手馴れているように見えた。

「ええと、カイスって料理ができる、のね？」

「まあな。傭兵なんざ、身の回りのことは全部自分でやるもんだからな。だが俺は大層なもんは作れねえぞ。せいぜい切って塩をかけて焼くくらいだ」

「ううん、その……私、実はあまり料理が得意じゃなくて。だから料理ができるカイスはすごいと思う」

「それを言うならミキのほうがすごいだろう。いいとこのお嬢さんは、自分で家事なんてしねえって聞くぞ」

「は？」

「ミキは身の回りのことは全部自分でできるし、今日だって俺のためにわざわざこれを用意してくれたんだろう？」

「それはそうだけど……。でも最後の仕上げはカイスがしてくれたし」

「そんなことより、冷めないうちに早く食おう。ああ、ミキの肉は俺が切ってやる。ちょっと待ってろ」

真剣な表情で一口サイズにステーキを切りわけるカイスに、思わず苦笑いが零れる。

そもそも私はお嬢様ではない。異世界出身というのはちょっと変わってるかもしれないけれど、ごく普通の家で育ったごく普通の人間だ。身の回りのことが自分でできるのは当然だ。

そう言おうとした私は、カイスの表情を見て途中まで開いた口を閉じた。

次々と料理を平らげていくカイスの表情は、今までに見たことのないほどのいい笑顔だ。眉間の深い皺も鋭い目つきもすっかり消え、美味しそうにステーキを頬張る様子を見ていると、そんなことはどうでもよくなってしまった。

「……ね、カイス、美味しい？」

「ああ、美味い」

「ふふ、よかった。あのね、私、小さい頃にもナイフで怪我をしたことがあって、それ以来ナイフでなにかを切ることが苦手なの」

わかる。


「そうだったのか。そりゃあ面倒だな」

「でも、味付けはそこそこ上手だと思うのよね」

「ああ。肉のソースもサラダもすげえ美味いぞ」

喋《しゃべ》りながらも次々と肉を口に入れるカイスの食べっぷりに、その言葉が嘘《うそ》でないことがわかる。

「気に入ってくれてよかった。それで相談なんだけど……、次は一緒に料理してみない？」

「ああ？」

「だから、カイスが材料を切って、私が味付けをするの。どう？　二人で料理をするってなかなかいい考えだと思わない？」

カトラリーを持つ手を止め、少し驚いたように私を見つめるカイスの口の端が時間をかけて上がり、少し遅れて大きな手が隠すようにそれを覆った。

「……そうだな。うん。なかなかいい考えだ。獣だろうが魔獣だろうが、俺がミキの代わりになんでも捌《さば》いてやる。ナイフは得意だからな」

ちょっと得意げな顔をして、でも少し照れたのを隠すようにぐびりとワインを飲むカイスを見て、私はにっこり微笑む。

今日がこの街に来て一ヶ月目だったなんて、きっとカイスは気が付いていない。そもそも興味もないに違いない。

好みだ、側にいたい、とは言われたけれど、明確な名前が付いているわけじゃない私たちの関係。だけど臆病で卑怯《ひきょう》な私は、この状態に名前を付けることを怖がっている。

いつか私は、カイスに自分が異世界から来た人間だと告げるのだろうか。

でも今の私にはまだその勇気がない。せっかく手に入れたカイスという存在を手放したくないし、この居心地のいい関係を壊してしまうのが怖い。

――だから、もう少しこのままでいさせてほしい。

「カイスのこと、頼りにしてるわね」

「おう、任せとけ」

ワインのせいか少し目の下を赤くしたカイスを眺めながら、私はグラスに口を付けた。

閑話　酔っ払い

飲み過ぎた自覚はある。

空きっ腹で飲んだのも、よくなかったのかもしれない。

最終的には新酒と言われ勧められたグラスに、とどめを刺されたような気がする。

仕事絡みの会食で断りきれずに杯を重ねた私は、この世界に来て初めてというくらい盛大に酔っ払ってしまった。

視界はぐらぐらと回り足元も覚束ない状況で、それでも周囲に悟られることなく会場を出て、なんとか自力で宿に辿《たど》り着けたのは確かなようだ。

かろうじてわかるのはそこまで。

朧《おぼろ》げに覚えているのは、カイスにひたすら甘えている記憶——。

＊　　＊　　＊

その日、ミキは領主主催の昼食会に出かけていた。

この街の主要な商人が招かれるその集まりは、曰《いわ》く商人同士の親睦とは名ばかりのいけすかない腹の探り合いらしい。

本当は気乗りしないと苦笑するミキに一緒に行かないかと誘われたが、そんな御大層な席に一介の冒険者がついて行っても浮くだけだ。俺はミキを会場まで送り、その足で街に繰り出すことにした。

馴染《なじ》みになった武器屋で話し込んだ俺が宿に戻ったのは、辺りに夕闇が迫る頃だった。

そこで目にしたのは階段の踊り場で壁に手をついて俯《うつむ》くミキと、それを取り囲む顔見知りの宿泊客たちだった。

「おい、どうした」

「ああ、いいところに来た。ミキが酔って動けないみたいでよ」

「それなのに俺たちには触るなっつうんだぜ、こいつ。ミキ、ほらよかったな、カイスが来たぞ」

「……カイス？」

「ミキ？　大丈夫か？」

俺の声に反応したミキは俯いていた顔を上げると、安心したように表情を緩めた。

「どうした、なにかあったのか」

「ううん、ちょっと飲み過ぎちゃって。……カイスに会いたかったの」

慌てて駆け寄りふらつく細い腰を支えてやると、ミキはくたりと身体の力を抜き、潤んだ瞳で俺にしがみついてきた。

近寄っただけでわかるほど強い酒の匂いに、かなり酔っていることを確信する。

いつもなら人前で見せることのない甘えた姿に、俺はもちろん普段のミキを知る宿泊客たちも困惑気味だ。

「こんなに酔っ払ったミキは初めてだな」

「なんだか見てるこっちが照れちゃうわね。あれだけお酒に強いのに、どれだけ飲んだのかしら」

「あー、まったく独り身には目に毒だぜ。おい、カイス、その酔っ払いをとっとと部屋に連れて行きやがれ」

「悪い。助かった」

猫のように身を擦り寄せるミキを抱き上げ、階段を上り部屋へと急ぐ。なんとか鍵を開けさせ部屋に入ると、椅子に座らせてからまずは水の入ったグラスを差し出した。

「ほら飲め。お前がこんなに酔うなんて珍しいな。どんだけ飲んだんだ」

「うん、どうしても断れなくて」

大人しく椅子に座って水を飲むミキの額はうっすら汗ばみ、上気した頬が赤く染まっている。喉を鳴らして水を飲み、濡《ぬ》れた唇を舐《な》める様子が妙に艶めかしく見えて、俺は思わずごくりと唾を呑《の》んだ。

「……気分はどうだ？　もっと水を飲むか？」

「ううん、大丈夫。でもすごく汗かいちゃった。……ちょっと脱ごうかな」

ミキはそう言いながら、椅子に座ったまま器用にズボンを脱ぎ始める。

見る間に白い太腿《ふともも》が露わになり、細い足が剝き出しになっていく。そのまま躊躇《ためら》いもなくシャツのボタンまで外そうとしたところで、俺は慌ててミキの手を止めた。

「おい、服を脱ぐならベッドにいる時だけにしろ。ったく、冗談じゃねぇ」

「だって暑いの」

「わかったわかった。ベッドに連れてってやるから、そこで好きなだけ脱げ」

「ふふ、じゃあカイス、お姫様抱っこして」

「あぁ？　お姫様って、なんだそりゃ」

「お姫様抱っこ、知らない？　そうね、ええと……、私を横抱きにしてベッドに連れて行って……？」

無邪気に笑いながら両手を広げるミキの胸元は乱れ、胸の頂の薄赤い飾りがまるで試すように見え隠れする。

あークソ、どう考えても誘われてるとしか思えねえ。だが酔った女に手を出すわけにはいかねぇしな。……ったく、俺がどんだけ我慢してると思ってんだ。人の気も知らねえでタチが悪い。

俺は頭を振ると、ミキの膝裏に腕を入れて抱き上げた。そのまま寝室のベッドに寝かそうとしたところで、ミキは拒むように俺の首に両手を絡ませた。

「……やだ、離さないで」

「なんだ、どうした」

「お願い、このまま……抱きしめてて」

「ああ？　……まあいいぞ」

一緒に過ごすようになってわかったが、ミキは限界を知っているのか酒を飲み過ぎるような真似はしないし、人前で俺にべたべたしてくることもない。

そのミキがここまで酔ってる姿は初めて見る。それにいくら酔ってるとはいえ、こんなふうに甘えてんのも珍しいな。……よほど嫌なことでもあったのか？

膝の上でガキみてえにしがみ付くミキの頭を撫《な》でてやると、力の入った身体が徐々に緩んでいくのがわかった。

「……カイスの匂い、すごく好き」

「ああ？　俺の匂い？」

「うん、安心する」

「特に匂いがするもんはつけてねぇんだがな。……なあミキ、好きなのは俺の匂いだけか？」

ふと悪戯心がわいた。どうせ酔っ払いだ。ろくな答えは返ってこないだろうことはわかってるが、ミキが俺をどう思ってるか興味がある。

だがミキは顔を上げ、真剣な表情で俺をまじまじと見つめた。

「私ね、カイスの声が好き」

「声？」

「そう。カイスの声を聞くとゾクゾクするし、お腹の奥がきゅんってしちゃう。カイスの顔も好き。いつも眉間に皺《しわ》を寄せてるのも、顔が怖そうなのも、すごく私の好み。かっこいい」

　自慢じゃねぇが顔を褒められたことなんざ、生まれてこのかた一度もねえぞ？　本気で言ってるのか？　俺は咄嗟《とっさ》にだらしなく緩みそうになる口を手で覆った。

　ミキはそんな様子に気付くことなく、どこか楽しげに俺のシャツを下から捲《めく》り、剝き出しになった胸を指でなぞり始めた。

「この分厚い胸も好き。綺麗《きれい》な腹筋も、腰の下のこのラインも、すごくセクシー」

「……なあミキ、お前本当に酔ってんだよな？」

「うふふー。あとね、この逞《たくま》しくて太い腕に抱きしめられるの、すごく、好き。……ねえカイス、ぎゅってして？」

「ぎゅ？　力を入れりゃあいいのか」

「うん」

　言われた通りに強く抱きしめてやれば、ミキはぴくりと身体を震わせ、切なそうに吐息を零す。……これは誘われてると思っていいんだよな？

「……ん、カイス、気持ちいい……」

「ミキ、もっと気持ちよくしてやろうか」

「う……ん、もっと撫でて……」

「ククッ、いいぜ」

シャツを脱がし露わになった背中を撫でてやると、ミキは俺の手の動きに合わせて身体を震わせる。一つずつ背骨を辿り、吸い付くような肌の感触を楽しんでいると、俺の首に回る手にぎゅっと力が入る。熱い吐息が俺の胸を湿らせるのがわかった。

「なあミキ……いいか？」

「ん……」

ミキの返事に了解を得たとばかりにベッドに押し倒そうとすると、ミキの首がカクンとずり落ちる。慌てて膝の上で抱え直すと、首に回された手から力が抜けていくのがわかった。

「おい、まさかこのまま寝るとか言うんじゃねえだろうな」

「ううん……ちょっとだけ……休ませて……」

話している間も、俺の背中に回っていたミキの腕がゆっくり下に落ちていく。やがて身体から完全に力が抜けると同時に、腕の中から規則正しい寝息が聞こえ始めた。

「……どうしてくれるんだ、これ」

呑気《のんき》に眠るミキの下で痛いほど固くなった昂《たかぶ》りを持て余した俺は、盛大に溜息《ためいき》をついた。

第三章　蜂蜜のウィスキー

商業の盛んな街であるここブリスタには、王侯貴族が利用するような一流宿から素泊まりのみの簡易宿まで、大小さまざまな宿が存在する。

私が定宿にする「踊る熊亭」は、親子三人で経営するこぢんまりとした宿である。

大きな煙突と三角屋根が特徴の二階建ての建物は、一階が食堂と暖炉を囲む談話室、そして経営者親子の住居があり、二階部分が客室になっている。

部屋数は全部で十。いわゆるシングルが五部屋、ツインが四部屋、キッチン付きの家族向けの部屋が一部屋という構成だ。

二年前に偶然この「踊る熊亭」に泊まった私は、この世界では珍しい風呂付きの部屋と料理の美味しさ、そしてこの一家の人柄に惚《ほ》れ込んでしまった。

年上女房だという気風のいいサマンサはよく喋《しゃべ》り、細い身体でくるくる動く働き者だ。

大きな身体に似合わず人見知りな亭主のモートンは、厨房《ちゅうぼう》から出てくることは滅多にないけれど、彼の作る料理はどれも豪快で絶品だ。

そして、そんな両親を見て育ったロルフは父親に似て無口、だけど母親を見てよく宿の手伝いをするとてもいい子だ。

　そのロルフが突然私の部屋にやってきたのは、確か去年の秋頃だった。


「……ん。これやる」

　ノックの音に部屋のドアを開けると、突然にゅっと手が差し出された。

　母親譲りの茶色の髪と父親譲りの立派な身体を持つ彼は、十二歳になったばかりだというのに、身長はすでに私と変わらない。

「あらロルフ、どうしたの？」

「ん！」

「ええっと、これは確かゴブリンの胡桃《くるみ》よね？　これがどうかしたの？」

　ロルフの手から私の両掌に落とされた頭の尖《とが》った五個の胡桃は、手の中でからからと乾いたいい音をたてる。

　ゴブリンの胡桃。殻の先端がゴブリンの耳のように尖っていることからそう呼ばれる胡桃は、物騒な名前とは裏腹に、味はえぐみがなく濃厚だと聞いたことがあった。

「近くの森にでっかい樹があんだ。もうシーズンは終わってっけど、昨日は強い風が吹いたから、まだ落ちてるかと思って見に行ったんだ」

「わざわざ見に行ったのは、ロルフが胡桃が好きだからなんじゃないの？　せっかく拾ってきたのに」

「たくさん集めるとギルドで買ってもらえるから、小遣いになるんだ。でもこれっぽっちじゃあ意味ないからさ、ミキにやるよ。じゃあな」

「あっ、ありがとう、ロルフ」

あっという間に駆けていくロルフの背中にお礼を言った私は、早速その夜、胡桃を食べてみることにした。

苦労して割った殻の中から現れた薄皮を纏《まと》った実は真っ白で、複雑な形をした内側にぎゅっと詰まっている。そして恐る恐る口にしたゴブリンの胡桃は、感動的なまでに赤ワインに合うことがわかったのだ。

すっかり味を占めた私は次の日、ロルフを捕まえてもう一度お礼を言った。すごく美味しかった。もし次に拾う機会があったら是非私にもわけてほしい。もちろん報酬を払うから、と。

残念なことに胡桃はそれが季節の最後の実だったようで、その後、私が胡桃を口にする機会には恵まれなかった。

だからロルフとそんな話をしたことを、私はすっかり忘れていたのだけれど——。

その日、昼過ぎから始まった商談は思った以上に長引いてしまった。最後の挨拶を交わし、やれやれと外を見た時には、すでに空は黄昏《たそがれ》色に染まっていた。

商業ギルドの扉を開け一歩外に出た途端、私はぶるりと身体を震わせた。

日本でいえば秋真っ盛りのこの季節、乾いたここブリスタの空気はすでに身を切るように冷たい。吹き付ける強い風に私はマントの前をぎゅっと掻《か》き合わせ、気を紛らわせるように夕食に想いを馳《は》せながら家路についた。

……これだけ寒いと、さすがにエールという気分じゃない。

手っ取り早く身体を温めるなら、ホットウィスキーかバター入りのホットラムもいいな。日本なら迷わず熱燗《あつかん》にするところだ。

でも今日はこう、ゆっくり身体の芯から温まりたい気分だ。時間をかけて煮込んだシチューや、こってりしたソースの肉料理に、重めの赤ワインを合わせて……。

「おいミキ」

「……え？」

突然かけられた声に顔を上げると、通りの向こう角にカイスが立っているのが見えた。今日は朝から冒険者ギルドに行っていたはず。ここは帰り道ではないのに、こんな場所で一体どうしたんだろう……？

大股でこちらに向かって歩いてくる姿に首を捻っていると、カイスは無表情のまま私の前で立ち止まった。

「カイス、こんな場所でどうしたの？」

「遅いから迎えに来たんだ。最近は暗くなるのが早いからな。……おら、帰るぞ」

ぶすっとした顔のまま差し出された手を握ると、普段は私より温かいカイスの手が、ひんやり冷たくなっているのがわかった。

「もしかして、ずいぶん長い間ここで待っててくれたの？」

「……そんなに長い時間じゃねぇよ」

「でも、こんなに手が冷えてる。私が商業ギルドにいるのを知ってたんだから、中で待っててくれればよかったのに」

「……いいのか？　お前が嫌がるかと思ったんだが」

「え？　どうして？」

「俺はこんな面だからな。怖がる奴だっている。それでミキの仕事を邪魔しちゃあ悪いと思ってよ」

一九〇以上はあるだろう長身に、服の上からでも筋肉がはっきりわかる逞《たくま》しい体つき。トレードマークのように常に全身黒ずくめの服を纏い、腰に佩《は》く剣は一目で使い込まれているのがわかる。口を真一文字に固く結んで眉間に深い皺《しわ》を刻み辺りを睥睨《へいげい》するのは、これはもうきっと癖のようなものなのだろう。

……確かに誰がどう見ても強面よね。よく言えば目つきの鋭い護衛で、悪く言えば得体の知れない怪しい大男。商業ギルドに出入りするタイプではない。でも……。

「ふふ、迎えに来てくれれば自慢ができて嬉《うれ》しかったのに」

「ああ？　なんか言ったか？」

「ううん、なんでもない。でも、もし今日みたいなことがまたあったら、次はできればギルドの中で待っててほしいな」

「いいのか？」

「うん。そのほうが嬉しい」

「……そうか」

握るカイスの手にわずかに力が入る。きっとこれは嬉しかった証拠だろう。

普段カイスは感情をあまり出さないけれど、私は知っている。

カイスがウィスキーを飲む時に不機嫌そうに目を眇《すが》めるのは、味を楽しんでいるから。

実はとてもシャイだけど、それを知られたくないからぶっきらぼうな物言いになること。

そして逞しい胸筋は力が入っていない時は柔らかいことや、太い首筋に本人の知らない
小さなほくろがあること……。

私だけが知っているカイスのささやかな秘密。誰にも知られたくないけれど、その反面
カイスを連れ回して自慢したくて堪らない時もある。

「……独占欲と顕示欲、よね」

「ああ？　なんか言ったか？」

小さく独りごちて苦笑いする私を、眉根を寄せたカイスが見下ろす。

「ううん、なんでもない。ね、今日は寒いわね」

「そうだな。おら、もっとこっちに寄れ」

「うん。……ふふ、あったかい」

私は握った手をそのままに、カイスの大きな身体に触れるほどに身を寄せる。夕日に伸びる二人の影は、重なって一つに見えた。


宿に戻った私たちは、早速食堂へ向かった。

向かい合って座り、板に書かれたその日のメニューを見てなにを食べようか相談していると、突然テーブルの上に大きな麻の袋がどんと置かれた。

「……ん、これ」

驚いて顔を上げると、そこには鼻の頭を真っ赤にしたロルフが立っていた。

「ロルフ？　ええと、これはなに？」

「やる」

「え？」

「去年お前がこれ好きだって言ってたから、やる！」

「去年？　……あ、もしかして」

覗《のぞ》いた袋の中身は、ぎっしりと詰まったゴブリンの胡桃だ。去年の記憶とともにその味を思い出した私は、思わず手を叩《たた》いた。

「ゴブリンの胡桃！　それもこんなにたくさん！　ありがとう、よく覚えててくれたわね。去年ロルフに胡桃を貰《もら》って以来、私の大好物なのよ。わあ、すごく嬉しい」

「へへへ」

耳を赤くしたロルフは照れたように鼻を掻くと、なぜか得意げにカイスの顔をチラリと見た。

「今年は当たり年だからな。まだ樹に実が残ってたから、これがなくなったらまた採ってきてやるよ」

「そうなんだ。うわー、食べるのが楽しみ。そうだ、じゃあまた金槌《かなづち》を貸してもらえるかしら」

ゴブリンの胡桃の殻は固いので、本当なら胡桃専用のナイフを使って殻を割るらしい。もちろんそんな物を持っているはずもない私は、去年は仕方なく金槌でガンガン叩いて殻を割ったのだ。

「これくらい俺が割ってやるよ。何個割ればいいんだ？　それとも全部割っといてやろうか」

「ロルフ、これは割りながら食べるのが美味しいの。だから……」

「……貸せ」

盛り上がる私とロルフの間を横切るように、カイスの太い腕がにゅっと伸びる。そして麻袋の中の胡桃を無造作に摑《つか》んだ。

「懐かしいな。俺もガキの頃はよく拾ったもんだ。……ほらよ」

バキッ。胡桃はカイスの手の中で、乾いた音をたてて呆気《あっけ》なく割れた。

真っ二つに割れた胡桃を平然と渡されて、私とロルフは一瞬言葉を失った。

「……す、すごい、カイスすごい！　一体どうやったの？」

「どうやるもなにも、ただ割るだけだ。簡単だ。ほら坊主、お前も食うか？」

驚いたように目を見開き、ポカンと口を開けていたロルフは、カイスの言葉に勢いよく頭を振った。そしてくるりと背を向け、逃げるように食堂から出て行ってしまった。

「……これ、どうしよう」

テーブルの上に残された麻袋いっぱいのゴブリンの胡桃を前に、私たちは思わず顔を見合わせた。

「せっかくあの坊主が採ってきたんだ。遠慮なく貰っとけ」

「そ……うね。明日にでもなにかお礼をすればいいわよね。ふふ、ロルフったら、すごく驚いた顔でカイスを見てたわね」

「ああそうだな。なかなか見どころのある奴だ」

「でも嬉しいな。これ、赤ワインに最高に合うのよ。ねえカイス、今夜は私の部屋で一緒に飲まない？　とっておきの赤を開けるから」

その時、一人胡桃に浮かれていた私は気が付かなかった。

珍しく厨房から顔を出したモートンが、呆《あき》れたような顔をしてカイスを見ていたことも、それに気が付いたカイスがニヤリと意地の悪い笑みを返したことも。

「……あんた、ずいぶん大人げない性格だったんだな」

「知ってるか？　こういうのを独占欲と顕示欲って言うんだとよ。それに芽は若いうちに摘んどかなきゃあな」

＊　＊　＊

「あらミキ、どうしたの？　体調でも悪いの？」

その日、朝食の肉料理を断った私を見て、サマンサは訝《いぶか》しげに目を細めた。

踊る熊亭の一階にある食堂兼酒場は、朝食は宿泊客のみ利用が可能だ。メニューはその日の仕入れ次第で決まり、モートンお手製の焼きたてパンが食べられるのが毎朝の楽しみなのだ。

「ううん、大丈夫。ただ……お腹が痛くなりそうな気配があって」

「ああ、そうなのね。なにか必要な物があったら言ってちょうだい。あとで持っていくから」

「ええ、いつもありがとう」

年に数度、ひどい生理痛に悩まされることがある。

きっと疲れや精神的ストレス、それに気候や気圧等の要因が重なったせいだろう。日本にいた時も、重い生理で仕事を休むことがあった。

そしてこんな時は、ここが日本ならと心の底から思わずにいられない。

この世界の一般的な痛み止めは、乾燥した薬草を粉にしたり煎じたりした物がほとんど。日本の強い薬に身体が慣れているせいか、私にはこの痛み止めが効かないのだ。

「そういやあ顔色が悪いな。腹が痛いってどうした？」

「う……ん。今日は部屋にこもってようかな」

「おい、そんなに体調が悪いのか。今から治療所に行くか？」

「違うの。その……生理痛だから、ゆっくりしてれば大丈夫よ」

「……お、おう。そうか」

「それよりごめんなさい。今日は先に失礼するわね。部屋から出てこないかもしれないけど、気にしないで」

「あー……ああ」

なんともいえない表情のまま固まってしまったカイスを残し部屋に戻った私は、ベッドに横たわると膝を抱えるように丸まった。

大人しく横になっていても、ギリギリと差し込むような痛みが徐々に強くなる。目に染みる涙だか冷や汗だかわからないものを半ば朦朧《もうろう》と指で拭いながら、私は久しぶりに日本のことを思い出していた。

銀座にある職場から地下鉄《メトロ》を乗り換えて、電車に揺られること三十分。駅から歩いて十分と説明されたけれど、どう速く歩いても十五分はかかるマンションが私の城だった。

毎朝起床は六時。どんなに寝不足でも朝食とコーヒーは欠かさない。気合いを入れてメイクをして、それから会社に向かう。

午前中はメールチェックとミーティングに費やされる。午後は商談が主で、メーカーや展示会に足を運んだり、工場や工房に挨拶しにいくこともよくあった。そして仕事が終わると、その足でライバル店の視察に回る。おかげで帰宅はいつも十時を過ぎていた。

入社当初は販売員だった。初めての売り場は子供服。売り場に来るお客様はみんな笑顔で、ありがとうと感謝されていっぺんに仕事が好きになった。

バイヤーに憧れたのはなにがきっかけだっただろう。バイヤーへの昇級試験を受けるために、まずは売り場のチーフを目指した。アシスタントバイヤーを経てようやくバイヤーになれた時は、本当に嬉しかったっけ。

尊敬する先輩の下で仕事を教わり、来年は憧れだったドイツの展示会に同行できると、上司とそんな約束までしてたのに……。


どうして私はこんなところにいるんだろう。

なぜこんな世界に来てしまったの？

答えの出ない疑問が、ぐるぐると心の中で渦を巻く。

痛みに引きずられるように、普段は考えないようにしている不安が足元に忍び寄ってくる。

幸いにも、この世界に来てから一度も大きな怪我や病気はしていない。けれど、この先どうなるかはわからない。

大きな怪我や病気をしたら、私は一体どうなるんだろう。

この世界にある薬や治癒魔法は、異なる世界から来た私にも効くんだろうか。

もし効かなかったら、その時はどうなってしまうの……？

怖い。すごく怖い。こんなところにいたくない。

帰りたい。自分の居場所に帰りたい。――日本に帰りたい。


「……………ミキ、おいミキ」

間近で聞こえたカイスの声に、私はハッと目を開けた。

いつの間に眠っていたのだろう。優しく肩を揺すられて、一気に意識が浮上する。

もそもそとシーツから顔を出すと、そこにいたのはひどく心配そうな顔をしたカイスだった。

「大丈夫か？」

「……カイス……どうしてここに……？」

「何度呼んでも返事がねえからよ、サマンサに言って部屋の鍵を借りたんだ。まだ痛むか？」

「うん……」

「痛み止めを買ってきたんだ。飲んでみねぇか？」

「薬……？　でも私、煎じ薬はあまり効かなくて……」

カイスは手に持っていた小さな紙袋をベッドに置いてから、私の背中に手を入れてゆっくり身体を起こしてくれた。

「これは最近出回るようになった丸薬だそうだ。嚙《か》まずに口に入れて、水と一緒に飲むんだとよ。どうだ？　試してみるか？」

「丸薬……？」

カイスが紙袋から取り出したのは、親指の爪ほどの濃い緑色の丸い塊だった。

掌にのせられた薬を恐る恐る口に入れて、カイスが差し出す水と一緒に一息に流し込む。

私の知る錠剤の二倍、いや三倍はある大きな丸薬は、もちろん糖衣などの加工がされているはずもない。ひどい苦みに泣きそうになりながら苦労して薬を飲み込むと、カイスが今度は黄金色の小さな塊を紙袋から取り出した。

「それも薬？　まだあるの……？」

「いやこれは口直しだ。すげえ苦いって薬屋の親父が言ってたからな。ほら、口を開けてみろ」

小さく開けた口に優しく入れられたのは、甘い、飴《あめ》のような塊だった。

「甘い……蜂蜜……？」

「いや、花の蜜を固めたもんらしい。洒落《しゃれ》た菓子でもと思ったんだがよ、先に薬を届けたほうがいいと思ってな。仕方ねぇから薬屋にある中で一番甘いもんを買ってきたんだ」

「美味しい……」

「ほら、横になっとけ」

「うん……ありがとう」

膝を抱えるように身体を折り曲げて、横になる。目を瞑《つぶ》って口の中の塊を舌で転がすと、少し香ばしいような独特の甘みが口の中にじんわりと広がった。

「まだ痛いか？」

「ん……ちょっとだけ。カイス、ここに……隣にいてくれる？」

「ああ」

本当は、こんな涙と汗でぐちゃぐちゃになった顔は見られたくなかった。お腹を抱えて唸《うな》ってる姿だって恥ずかしいし、会話をする余裕もない。

それでもカイスに側にいてほしいと願ってしまうのは、私の心が弱っているせいなんだろうか。

ギシリという音とともにベッドがたわみ、大きな身体が私の隣に横たわる。

いつもより慎重に太い腕が背中に回されて、つむじに熱い息がかかるのを感じた。

「すまん。俺は女の身体のことはよく知らねえんだ。なあミキ、なにかしてほしいことはあるか？　俺はどうすりゃあいいんだ？」

顔を埋めた逞しい胸から聞こえる落ち着いた鼓動と、嗅ぎ慣れたカイスの匂い。

いつもよりカイスの肌が熱く感じるのは、私の身体が冷えているせい？　それとも薬を買いに出かけていたから……？

カイスはどんな顔で薬屋に生理痛のことを相談したのだろう。きっといつにも増して不機嫌で、しかも眉間の皺も深かっただろうことは想像に難くない。そして、私の症状を説明するために、不器用に言葉を重ねただろうことも……。

「カイス、このまま……薬が効くまで、こうしててもらえる……？」

「ああ、もちろんだ。……触っても大丈夫か？」

「うん」

差し込むような強い痛みに身体が強張るたびに、カイスの手が労わるように私の背中を摩る。

普段は絡むように腰に回される腕の重みも、官能をくすぐるような指の動きも一切なくて、でもそれが寂しく感じてしまう私はわがままだろうか。

「カイス、もっと……下……腰に手を当ててもらえる？」

「こうか？」

「ん……そこ……カイスの手、あったかいね」

口の中に残る甘い蜜の余韻と、大きな掌の熱のおかげで、少しずつ痛みが溶けていくような気がする。私は抱えていた膝を伸ばし、カイスにぴたりと身体を付けた。

「いつもこんなに痛いのか？　これで痛みが和らぐならいくらでもしてやるからよ。これからは我慢しねえですぐ俺に言え。いいな？」

「うん……」

さっきまではあんなに日本が恋しくて堪らなかったのに、この腕の中にいるとすべてのことが瑣末《さまつ》に思えてしまうのはなぜだろう。

本当はきちんと線を引くべきだと思う。日本に帰るつもりなら、これ以上深入りするべきではないとわかってる。

けれど、こんなに優しく甘やかされて、カイスの腕の心地よさを知ってしまった私は、たとえ日本に戻ったとしても一人でやっていけるだろうか……。

私は答えのでない疑問に蓋をして、広い胸に頭を預ける。

せめて今だけは、こうして弱ってる時くらいは、なにも考えずにカイスに甘えさせてもらおう。

「……カイス……お願い、ここにいてね……」

「……ああ、大丈夫だ。俺がずっと側にいてやる」

私はカイスの返事に安心して、そっと目を閉じた。

*　　*　　*

それから数日後、すっかり体調が戻った私は、薬のお礼にとカイスを外食に誘った。

いそいそと支度をして仕上げに鏡の前で唇に蜂蜜を塗る私を見て、カイスは訝しげに眉を顰《ひそ》めた。

「……なにしてんだ、それ」

「これ？　唇が荒れてるのが気になって。ひどくなると切れて血が出ちゃうのよ、私」

なにかの拍子につい唇を舐《な》めてしまうのは、私の悪い癖だ。

日本であれば何年も使い続けている愛用のリップクリームがあるけれど、残念ながらそんな便利な物は見たことがない。

ガサガサになった唇に困って保湿のクリームやオイルを色々試してみた結果、一番効果があったのはシンプルに蜂蜜を塗る、ただそれだけだった。

本当は寝る前に塗れば十分なのだけど、少しでもカイスに綺麗《きれい》な唇に見せたい、荒れた唇でキスしたくないと思ってしまうのは、ささやかな女心だ。ここ最近寒くなってからは、特に小まめに塗るようにしていた。

「ふーん……。なあ、それちょっと見せてくれよ」

「これを？　いいけど……」

退屈そうなカイスを前にちょっとした悪戯を思いついたのは、ほんの出来心だった。

私は蜂蜜の瓶を片手に大きく足を開いて椅子に座るカイスの前に立つと、目の前にある無防備な唇をそっと指でなぞった。薄いカイスの唇は恐らく荒れ知らずなのだろう。ちょっと羨ましくなるくらい、弾力のある滑らかな感触だ。

怪訝《けげん》そうにこちらを窺《うかが》うカイスに、見せつけるように瓶を傾ける。そして左の掌の上にトロリと蜜を垂らし、人差し指でそれを掬《すく》った。

「カイス、これは唇の荒れを治す薬なの。……動かないでね。あと舐めちゃ駄目よ？」

時間をかけて、わざと焦らすように、私はカイスの唇を指で辿《たど》る。

まずは下唇を右から左に、そして今度は左から右に。蜜を掬って、次は上唇へ。

もどかしいのかくすぐったいのか、じんわりとカイスの口角が上がっていく。

やがて上唇を塗り終わり自分の指に残る蜜を舐めると、私はにっこり笑みを浮かべてカイスを見つめた。

「はい、終わり。もう動いていいわよ」

「……いいんだな？」

ニヤリと笑ったカイスの目が怪しく光ったかと思うと、手首がぐいと掴まれる。あ、と思った時には、カイスの熱い舌が私の掌を這《は》っていた。

「……甘ぇな」

掌を舐めながらもう片方の腕で私を抱き上げたカイスは、そのままベッドルームへ移動する。あっという間に大きな身体が私の上に覆い被さった。

「ま、待って、カイス」

「待てねえな。今のはお前が誘ったんだろう？」

飢えた犬のような熱い舌が執拗《しつよう》に掌を這い回り、そこから快感が全身に広がっていく。

私が小さく震えたのに気が付いたのか、カイスがぴたりと動きを止めた。

「ミキが本当に嫌ならここでやめるぞ。……お前はどうしたい？」

「私、は……」

覗き込む真摯な瞳に、心が揺れる。

バルデラードのあの夜以来、私たちは身体を重ねていない。私を待つと公言したカイスは、自分の言葉を頑ななまでに守ってくれている。けれどカイスの行動の端々から、強く求められているのは感じていた。

熱のこもった眼差し。繋《つな》いだ手の力強さに、執着を表すように腰に絡みつく腕……。私はそれが本当に嫌なのだろうか……？

「……やめないで」

「ああ？」

「やめないで、カイス。このまま……抱いて？」

「……途中で嫌って言っても止めねえからな」

両膝で私の身体を挟み動きを封じたカイスは、乱暴に私の服を捲《めく》った。

「せっかくだからこいつを使ってやるよ。これは薬なんだろう？　動くなよ。今度は俺がお前に塗る番だ」

「え、ちょ、ちょっとカイス……あんっ」

いつの間に用意したのか、蜂蜜の瓶を持ったカイスが不敵な顔でニヤリと笑う。

止める間もなく傾けられた瓶から、黄金色の蜜が私の胸に垂らされる。想像していたよりずっと冷たい温度に、身体がびくりと震えた。

「ああ悪い悪い、冷たかったか。ちゃんと温めてやるからな」

まるで大事な物を磨くかのように、カイスは私の両胸に丹念に蜂蜜を塗っていく。

焦らすように胸の先端を指が掠《かす》めて、まだ触れられていない胸の頂が、期待するようにツンと勃ってしまうのを感じた。

「あ、あっ、ん、カイ、ス」

「ここは大事な場所だからよ、しっかり塗ってやらねぇとな。ククッ、こんなに尖らせて、そんなに触ってほしかったのか?」

太い親指と人差し指で挟まれた胸の飾りが、何度も上下に扱かれる。痛いほど固くなった頂が執拗に愛撫《あいぶ》されて、私は下半身に溜《た》まる熱を持て余して太腿を擦り合わせた。

「ね、カイス、もう……もう、や、あ、あぁっ」

「もう、なんだ?」

「ね、お願い、胸だけじゃ、なくて……」

「ああそうか、違う場所にも塗ってほしかったのか」

意地の悪い笑みを浮かべたカイスは私の足をM字型に大きく開き、再び瓶を手に取った。

「や、ちょっとカイス、まさか」

「大丈夫だ、安心しろ。今度は冷たくないように、しっかり温めてから塗ってやるからよ」

ギラギラした目でカイスは私の下半身に顔を近づける。そして自分の掌に蜂蜜を垂らす

と、慎重に隠れていた花芽を剝き出しにした。

「や、ん、だめ、それ、待って、あっ、あああああんっ」

「……すっげえドロドロだ。そんなにここも触ってほしかったのか。気が付かなくて悪かったな」

焼けるような強い快感に身体が跳ね、無意識に両手でカイスの身体を押しのける。けれどそんな私の抵抗すら楽しげに、カイスは掌の蜜を掬って秘所に塗り始めた。

「あっ、あぁっ、……んっ、あ、あっ」

太い指が襞《ひだ》を上下になぞり、暴かれた淫芽を指の腹でクリクリと撫でる。

始めは優しく気遣っていた指の動きは、次第に容赦なく敏感な秘芯を嬲《なぶ》り始めた。

摘むように二本の指で挟まれた芯が腫れたようにじんじんと熱を持ち、早く解放してほしくて堪らない私は、腰を上げてカイスに強請った。

「カイス、ね、お願い……もう、もう」

「どうした。ミキ、どうして欲しいんだ？」

必死に懇願する私を見ようともせず、カイスは蜜を掬った指を割れ目に埋める。そしてなにかを探すように、中を掻き回し始めた。

グチャグチャと響く卑猥《ひわい》な水音は、一体どちらの蜜だろう。今にも弾けそうな快感と羞恥に私は激しく頭を振る。

片方の手で秘芯を弄りながら、もう片方の手で中を執拗に探られた私は、喘《あえ》ぎ声も絶え絶えにビクビクと腰を浮かした。

「あっ、あっ、あっ、ああっ」

「おいそんなに動くと薬が零れるだろうが。……しょうがねえな、まったく」

どこか嬉しげなくぐもった声が聞こえたかと思うと、熱いなにかが蜜口をぞろりと這う。次の瞬間カイスの唇が敏感な突起を吸い、溜まっていた熱が一気に弾けた。

「あ、や、あああああああっ」

強く吸われてイかされた花芽は敏感になって刺激が痛いほどなのに、カイスは私を休ませることなく快感を与え続ける。

容赦なくじゅうじゅうと蜜を啜《すす》られながら、いつの間にかに増えた指が的確に中の弱いところを擦り上げる。同時に二ヶ所を責められた私は、何度も強引に高みへ押し上げられた。

「はぁっ……あ……イってるの……っ、だめ、もう、だめなの……」

あられもない嬌声《きょうせい》が口から漏れ、腰を弓なりにした私のつま先がぴんと伸びる。眦《まなじり》からは自然と熱い液体が零れていく。

そんな私を見つめるカイスの瞳には、明らかに嗜虐《しぎゃく》の色が浮かんでいた。

「……いくら塗っても溢《あふ》れてきやがる。こりゃあ栓をしないと駄目みてぇだな」

口の端に笑みを浮かべ全身を舐めるように見つめるカイスの視線に、ゾクリと私の中のなにかが顔を出した。

「お願い、指じゃなくて、カイスのが欲しい……」

「……いいぜ。だが、まずこれを綺麗にしてくれよ」

目の前に差し出されたカイスの掌には、てらてらと蜜が光る。言われるままに顔を近づけた私は、舌を出してそれをぴちゃりと舐めた。

「……ん、甘、い……」

甘く濃い蜂蜜が、甘露のように喉を潤す。強烈な喉の渇きを覚えた私は、掌の蜜を夢中で啜った。

ちゅ、ちゅ、じゅ……と意地汚く掌を舐めていた私の視線に、カイスのズボンの張りつめた膨らみが映る。思わず手を伸ばした私は、昂《たかぶ》りの形をそっと確かめた。

「おい、ミキ？」

私はそのまま手を伸ばし、カイスのシャツのボタンを外していく。

黒いシャツの下から現れたのは、芸術的な造形が際立つ筋肉と、よく鞣《なめ》された上質な革のように滑らかな肌。そこかしこに薄白く残る傷の痕すら、まるでアクセサリーのようにカイスの魅力を引き立てる。

くびれた腰から手を這わしてズボンと下履きをベッドの上に落とすと、カイスはニヤリと笑いながらゆっくり足を抜いた。

「……お前は本当に俺の身体が好きだな」

カイスの手を舐めながら両手でズボンの前をくつろげると、下着の中からぶるんと顔を出した雄は、すでに先端にぷっくりと雫を蓄えていた。

ゴクリと唾を呑《の》み慎重に屹立《きつりつ》に手を添えたところで、上から咎《とが》めるようなカイスの声が聞こえた。

「ミキ、……もういい、やめろ」

「駄目よ、カイス、……動いたら零れちゃう」

いつの間にか夜の帳が部屋を包み、窓から入る街燈の灯りがカイスの勃ち上がった雄に濃い陰影を落とす。

凶悪なまでにそそり立つ昂りは、私の手首の太さと変わらない。

今からこれが私の中に入るのだと思うと、それだけで期待した下の口がトロリと涎《よだれ》を零してしまう。

血管の浮き出た剛直を前に無言で微笑む私は、きっと獲物を狙う獣のような顔をしているに違いない。

雫を湛《たた》えた肉茎にそっと顔を近づけ、ペロリと先端を舐める。そして発情した雄の匂いを纏った屹立を両手で優しく握り、ゆっくりと口の中へと迎え入れた。

「……ん」

「くっ」

低く苦しげな声と一緒に、びくりと舌の上で熱の塊が震える。

頬張るように咥《くわ》えたそれを唾液で濡《ぬ》らすと、今度は張りつめた筋を舌でなぞる。それから裏側の筋を下から上へ辿り、また上から下へ。

大きく張り出す笠《かさ》を上から咥えジュポジュポと音をたててしゃぶっていると、私の頭を優しく撫でていた大きな手が、髪をぐしゃりと乱した。

「ミキ……もういい……十分だ。やめてくれ……」

上から降ってくるのは、苦しいような切ないような、余裕のないカイスの声。

見上げるような逞しい身体を持ち、常に眼光鋭く周囲を威圧する男が。決して隙を見せず人を寄せつけない空気を纏う男が。私の口技に射精を耐え、苦しげに懇願している。

まるでカイスを支配しているかのような倒錯的な背徳感に、私は嬉しくてゾクゾクしてしまう。

半ば強引に口から引き抜かれた雄を名残惜しく見上げていると、苦笑したカイスは私の唇を指で拭った。

「……カイスの、もっと舐めたかったのに」

「ったく、お前は俺をどうするつもりだ」

そのままベッドに押し倒された私の口を、カイスの唇が塞ぐ。

両膝を持って開いた私の股に熱い昂りをぴたりと押し付け、焦らすように蜜口の上をスライドさせながら、カイスはねっとりと私の口を貪った。

「なあ、こいつが欲しいか？」

「あっ……ん、焦らしちゃいや、早く、大きいの、ちょうだい……？」

「ククッ、ミキこそ煽《あお》るんじゃねえよ」

灼熱《しゃくねつ》の切っ先がつぷりと蜜口に入る。圧倒的な熱量と質感を持った肉棒が、襞を掻き分けてみちみちと押し入ってくるのを感じた。

「あっ……んっ」

大きな灼熱の塊が私の中に侵入する瞬間の、無理やり狭い場所を暴かれるような感覚に、一瞬身体が強張ってしまう。

カイスもそれがわかったのか、心配そうに目を眇《すが》めた。

「……大丈夫か？」

私は首に手を回して両足をカイスの腰にぎゅっと絡めた。

「ん……大丈、夫。カイスは……気持ちいい……？」

「ああ、最高だ」

耳元で囁《ささや》かれる甘いバリトンに、ひくりひくりと私の中が反応をする。それを合図にしたかのように、カイスはゆっくり抽送を始めた。

「は……あ、あっ、あ、すごい……の」

引き攣《つ》るような感覚はすぐ消えて、あっという間に快感だけを拾った蜜道を、太い熱杭《ねっくい》が出入りする。

ずちゅ、ぬちゅ、とさんざん指でイかされて柔らかくなった肉壁が、はしたないほどに蜜を零す。いやらしい水音が大きくなるにつれ、腰の動きが大胆になった。

一突きごとに奥の壁を穿《うが》つ肉棒が、私の弱いところも一緒に擦り上げる。なにかが出てしまいそうな強い快感に、思わず頭を振った。

「あっ、あっ、カイス、それダメ、そこ、よすぎて、怖いの」

「ハッ、ミキはこれが好きだろう？　ここの、上側が、よ」

カイスは私の両膝を胸に押し付けるように持ち上げると、上から押すように挿入を始める。お臍《へそ》側の壁を強く擦るように奥を突く体位に、私は呆気なく絶頂を迎えた。

「好き、そこ、あ、あ、あああああっ」

「ああ締まるな……たまんねぇ」

カイスは嬉しげに、ビクビクと痙攣《けいれん》する私の胸の飾りを強くしゃぶる。

左右の頂を交互に吸われるむず痒《がゆ》い快感に、私の肉襞はカイスの形を確かめるようにぎゅうと窄《すぼ》む。

力が入った膣《ちつ》を更に強く上から押し込むように熱杭が穿たれ、愉悦の涙がじわりと滲むのがわかった。

「くっそ、気持ちよすぎるだろう」

苦しそうに息を吐くカイスは、一旦ずるりと雄を引き抜いて私を俯《うつぶ》せにする。そしてぐいと腰を持ち上げ、今度は後ろから鋭く私を貫いた。

「あ、あああああっ」

休む間もなく背後から一気に貫かれた衝撃で、私は再び達してしまう。

深い愉悦に浸る間もなく後ろから激しく腰を打ち付けられて、頭の中が白くなるような快感に全身が支配される。

奥の壁に叩きつけられる肉棒に、もうなにも考えられなくなった私は、涙を流しながらシーツを握りしめた。

「ああっ、カイス、またイっちゃう、イっちゃうの」

「いいぞ、何度でも、イけばいい」

「あっ、あっ、や、あ、あああああああっ」

視界が真っ白に弾けてビクビクと痙攣する私を、カイスは更に容赦なく後ろから穿つ。

カイスの荒い息とパンパンと腰を打ち付ける音が響き、部屋は隠微な匂いと熱気に包まれた。

……ああ、もう、こんなの初めて……どうしよう、気持ちよすぎて、怖いよ……。

深い快感に浸る私を仰向けにすると、カイスは両足首を掴んで大きく足を開かせ、再び奥まで鋭く貫いた。

「あっ、んっ、あ、ああああっ」

最奥の壁の弱いところを、狙うようにゴリゴリとカイスの灼熱が掻き回す。

イきっぱなしで強い快感に溺れる私がいくら頭を振って涙を流しても、最奥部の壁を穿つ腰の動きは緩まない。

やがて視界がチカチカと弾けた私が一際高い嬌声を上げると、カイスは熱い吐息とともにに雄を引き抜き、私のお腹の上に白濁を振りまいた。


「……ミキ、おいミキ」

「……ん」

気怠い脱力感に浸っていた私は、少し眠っていたのかもしれない。

優しく肩を揺すられて目を開けると、ベッドに腰掛けるカイスがグラスを差し出した。

いつの間にかに私の部屋にも置かれるようになっていた、ウィスキーのボトル。

ベッドサイドのテーブルの上にちゃっかり鎮座する濃い茶色の瓶は、ここ最近のカイスのお気に入りらしい。

身体を起こして一口含んだ琥珀《こはく》色の液体は、なぜかいつもより強く甘さを感じた。

「ん……甘い……」

「ああ？　甘い？」

怪訝そうに眉を顰めたカイスは私からグラスを受け取ると、確かめるように一口飲む。

しばらくすると、口元がじんわりと上がった。

「これだ」

「え？」

なにか納得するように頷《うなず》いたカイスは、私の唇をペロリと舐める。

「ミキの唇に残ってる蜂蜜だ。……ククッ、蜂蜜味のウィスキーってのも悪くねぇな。気に入った」

そう言って、カイスは嬉しげにグラスに残るウィスキーを煽った。

「蜂蜜とウィスキーの組み合わせが気に入ったなら、蜂蜜ウィスキーでも試してみる？」

「ああん？　なんだそれ」

「確かそういうウィスキーがあるのよ。ウィスキーを蜂蜜で風味づけしてあって、甘くて美味しいんですって」

「……わかってねえな」

思いきり顔を顰めたカイスはペロリと私の上唇を舐め、下唇を食んだ。

「お前の唇の蜂蜜だから美味いんだろうが」

くすりと笑った私は優しく押し倒され、再びシーツに沈められることになった。

第四章　辛口のジン

……あ、珍しい。

カイスと来た酒屋で何気なく棚を見ていた私は、ずらりと並んだ酒瓶の端に、うっすら埃《ほこり》を被った瓶を見つけた。

ぽってりと丸い形をした瓶には、チョコレートリキュールと記されている。

日本だと某高級チョコレートブランドのリキュールが有名だったけれど、私は自分で買ったことがない。

お酒として飲むには甘すぎて、製菓に使うような腕はない。私にとってチョコレートリキュールはそんな遠い存在のお酒だった。

でもこのリキュールのおかげで、私は日本では今日がバレンタインだと思い出した。

年に一度のバレンタインは、バイヤーとしての矜持《きょうじ》をかけた勝負の日だった。

職業柄、人と被るチョコレートはもってのほか。知る人ぞ知る隠れたショコラティエの、普段はチョコレートを扱わないレストランの、そして日本では取り扱っていない海外のチョコレートを、それこそプライドを賭けて探し回ったものだ。

そんなことを懐かしく思い出しながら振り返った私は、カイスの姿を見てぴたりと固まった。

若く可愛らしい女性が、カイスにしなだれかかるようにして話しかけている。片手に酒の瓶を持ち、もう片方の手に試飲用の小さなコップを持っているところを見ると、恐らく店員なのだろう。けれど彼女の表情は、接客という範疇《はんちゅう》を超えているように思えた。

衝動的にカイスの名前を呼ぼうとした私は、言葉を発することなく口を噤《つぐ》んだ。

……私とカイスはどういう関係なんだろう。

同じ屋根の下に暮らしているけれど、互いの部屋に泊まることは滅多にない。

恋人というには微妙な距離がある。では身体だけのいわゆるセフレかというと、それも違う。

そんな中途半端な関係の私が、この女の子に文句を言う資格はあるのだろうか。

本当なら私たちは、一夜の関係で終わるはずだった。

けれど、バルデラードの冒険者ギルドで真摯に私を気遣うカイスの姿を見て、私はその場で別れるのが惜しくなったのだ。

電話もメールもないこの世界、人との出会いは一期一会だ。次に会う約束をしない限り、旅先で出会った相手ならなおさら、もう二度と会う機会はないだろう。

だからあの時、私はカイスにブリスタまでの護衛を頼んだ。ここで終わらせたくないと強く思ったから。

そんな一方的なわがままでブリスタに連れてきておきながら、卑怯《ひきょう》な私は今までカイスの「側にいさせてくれ」という言葉に甘えていた。

恋人より気楽で、将来を約束する必要がなくて、けれどセフレとは違う真摯な付き合い。カイスに惹《ひ》かれている自覚があるのにそんなぬるま湯のような関係を続けていたのは、いつか日本に帰りたいという目標があったから。

だけど……このままで本当にいいのだろうか。

目の前でカイスが別の女性と親しくしているような――今みたいな状況でも、私は指を咥《くわ》えて見ていられるの……？

もう一度振り返ると、無表情のカイスの気をなんとか引きたいのだろう。女の子は別のお酒を勧めている。その一生懸命な様子に、私は突き動かされるようにカイスに向かって歩き始めた。

「カイス、お待たせ」

「おうミキ、なにか買うもんはあるか？　いいなら出るぞ」

「私は大丈夫。カイスこそ、用事は済んだの？」

「ああ？　なんの話だ？」

こちらを振り向いた逞《たくま》しい身体に自分の腕を絡め、カイスの肩越しにそっと後ろを窺《うかが》う。じっとカイスの背中を見つめていた女の子は、私の視線に気が付くと慌てたように目を逸らした。

「……ううん、なんでもない。行きましょうか」

「ああ。そうだな。行こう」

店員の見送る声を背に店を出ると、途端に凍るように冷たい空気が頬を刺す。

宿への帰り道、黙ったままいつもよりぴたりと寄り添う私に、カイスは訝《いぶか》しげな視線を寄越した。

「どうした、寒いのか？」

「大丈夫。ただちょっと……昔のことを思い出しちゃって」

「昔？」

「実はね、私の故郷では今日はバレンタインっていう日で……」

そこまで説明して、私はふと気が付いた。

そうだ。バレンタインは聖なる恋人たちの日だと言われていたけれど、日本では別のイベントで盛り上がる日でもあった――好きな相手に告白する日として。

「おい、どうかしたのか」

不自然に言葉が途切れたのを不審に思ったのか、カイスが私の顔を覗《のぞ》き込む。私は彼を見上げて、にっこりと微笑んでみせた。

「とっておきのチョコレートが部屋にあるのを思い出したの。今日はバレンタインだから、カイスに特別な方法でご馳走《ちそう》するわね」

「なんだ、バレンタインってのは、チョコレートを食べる日なのか？」

「ううん、ちょっと違うかな。バレンタインはね、好きな人にチョコレートを贈って愛を告白する日なんだ」

不意に立ち止まったカイスが、大きく目を見開いて私を見つめている。滅多に見られないレアな表情に、私は思わず吹き出した。

「……おい待て。今なんて言った？」

「ん？　今日はチョコレートを贈る日だって、そう言ったけど」

「そうじゃなくてよ」

「とっておきのチョコレートだから、特別な方法でご馳走するって？」

「おい、そうじゃねえだろう」

カイスの眉間に不機嫌そうな皺《しわ》が出現したところで、私は顔を見上げてにっこり微笑んだ。

「バレンタインはね、好きな人にチョコレートを贈って愛の告白をする日なの。だから、今日はカイスにチョコレートをご馳走するわね」

「ミキ、お前よ、それは……」

「ふふ、ねえカイス、寒くなってきたから早く帰りましょう？」

「ああ？　いや……そうか。そうするか」

絡んだ腕が解かれて、今度は太くて逞しい腕が強く私の肩を抱く。私も負けじと手を伸ばして、カイスの背中のシャツをぎゅっと握りしめた。

部屋に戻った私は早速ウィスキーの瓶とグラスの横に、今一番お気に入りのオランジェットを並べた。

オレンジピールにチョコをかけた菓子、オランジェット。

最近はオレンジを三角形にカットしたものやスライス状、ザク切りして丸めたお洒落《しゃれ》な形のオランジェットもあるけれど、私は細長くカットしたスティック状のオランジェットが一番好き。更に言えば、オレンジの香りと苦みが鮮烈で、チョコがビターだと最高だ。

基本的にこの世界で売買されている品物は、大規模な工場で作られる品質の均一な大量生産品ではなく、大まかな意味ではオールハンドメイドの品だ。だから、その店の個性が強く出る。それが楽しみで、私はオランジェットを見かけるたびについ買ってしまうのだ。

「またそれか。本当にそいつが好きなんだな」

足を投げ出しドカリと椅子に座ったカイスは、少し呆《あき》れたような、でもおかしくて堪らないと言ったように眉を上げる。

確かにお酒のあてにナッツやチーズもよく食べるけれど、チョコレート、特にオランジェットの登場率が高いのはカイスも気が付いているに違いない。

「ふふ、そうよ、大好きなの。でも今日のとっておきはこれじゃないんだ」

私は見せつけるようにオランジェットの箱を手に取ると、カイスの膝に座った。

「私の国では、今日は好きな人にチョコを贈る日だって言ったでしょう？　だからカイスにはこれを食べてもらいたくって……」

私は手に取ったオランジェットの端を咥えると、カイスを見上げ、首を傾げた。

普段だったらこんなあざといことは絶対しない。でも今日くらいは可愛い女の子のフリをしても許される、よね？

じっと私の様子を見ていたカイスは、一呼吸置くとニヤリと笑い、次の瞬間私のオランジェットはあっという間に消えていた。

「んんっ！　……もう！　もっとゆっくり食べてほしかったのに」

「……足りねぇな。なあミキ、もっと喰《く》わしてくれよ」

「じゃあ一度私がお手本を見せるから、カイスは自分で動いちゃ駄目よ？」

ニヤリと笑った大きな口にオランジェットを咥えさせると、シャツの胸元をぐいと引っ張る。

発情した獣のような瞳を間近で見上げながら、私はオランジェットの端のチョコをペロリと舐《な》めた。

……意外なくらいチョコレートがビターだ。これだけ甘さを抑えているということは、オレンジピールの甘みが強いんだろうか。

ついそんなことを考えていた私は、後頭部を覆ったカイスの手で現実に引き戻された。

「んっ、んーーーーーっ！」

大きな手が私の頭を摑《つか》み、唇が強く押し付けられて、あっという間に口の中が暴かれる。

ねっとりと濃厚なチョコレートと、鼻に抜けるオレンジの香りと皮の苦み。

カイスの大きい舌は私の口を蹂躙《じゅうりん》し尽くすと、あっという間にオランジェットを盗んでいってしまった。

「……カイスは動かないでって言ったのに」

「んなもん隙を見せるほうが悪い。今のがお手本って奴か？」

口を押さえ睨《にら》む私を見て、カイスは人の悪そうな笑みを浮かべる。

「なあ、今日は愛の告白とやらをする日なんだろう？　そいつは俺がしてもかまわないんだよな」

「え？」

「おら、それを寄越せ。今度は俺が食わせてやる」

……オランジェットの残りは、あと十本。

＊　＊　＊

「じゃあサマンサ、悪いんだけどお願いできるかしら」

「ええ。ミキは今日の夕飯はいらないのね。カイスにもそう伝えればいいのね？」

「ええ。一応メモは置いておいたんだけど、念のためよろしくね」

「いつものお店？　楽しんできてね」

「ありがとう。いってきます」

用事があって世話になっている職人に顔を見せに寄った日、私は一旦宿に戻るとカイスに伝言を残し、それから馴染《なじ》みの酒場に向かった。

踊る熊亭から数ブロック離れた裏通りに、ひっそりと佇《たたず》む一軒の店がある。

一見なんの変哲もない普通の民家に見えるその店の名は、リタの酒場。

冒険者を引退したリタが経営する酒場は、ちょっと珍しい酒が揃《そろ》うと評判の、知る人ぞ知る隠れ家的存在の店だ。

「あら、いらっしゃい。珍しいわね。どうしたの？　暗い顔して」

「……わかる？　ちょっと嫌なことがあって」

私はカウンターに立つリタの前に座りジンを頼むと、大きく溜息《ためいき》をついた。


最近目をつけていた職人見習いの子がいた。

まだ十八歳の刺繍《ししゅう》が上手な女の子で、技術的に荒削りなところはあるけれど、彼女の独特の色使いと図案のセンスは目を惹くものがあった。

初めて彼女に出会ったのは、私がブリスタに来てまだ間もない頃だ。得意先であるシャルロッテ商会から、とある貴族のお嬢様を紹介されたのがきっかけだった。

めでたく結婚が決まったばかりの彼女は、街を離れるにあたって友人たちへ贈る餞別《せんべつ》の品を探していた。しかも、店にある既製品ではなく、誰も持っていないオリジナルの品が希望だと言う。

そこで私は既製品のハンカチに彼女の名前のイニシャルと、好きな花を組み合わせた刺繍を入れることを提案した。

ハンカチなんてありきたりだと渋る彼女に、私の国ではお別れの際にハンカチを贈る習慣があると説明し、猛プッシュしたのは、単純に納期が一ヶ月しかなかったからである。

なんとかゴーサインを貰《もら》えたものの、単価の低いハンカチへの刺繍という注文に加え、百枚に満たない小口で、しかも短い納期だ。名のある大きな工房には軒並み断られ、探しに探して辿《たど》り着いたのが、身寄りのない子供たちが暮らす施設だった。

「こんにちは、シャルロッテ商会から紹介されて来たのですが」

「はいはい、ええとミキさんでしたか、聞いておりますよ。ハンカチの刺繍の件ですね」

出迎えた施設長だという高齢の女性は、いかにも人のよさそうな顔をニコニコさせて作業場へと案内してくれた。

ここに住む子供たちは〇歳から十五歳まで。この国の成人である十六歳になると、施設を出る決まりがあるそうだ。

作業場の机に向かって一心に針と糸を動かしているのは、全員女の子だった。男女で仕事を割り振ってはいないのだけれど、どうしても男の子はじっとしていられないのよねえと、施設長はおっとり笑う。

「私は個々の仕事は監督しておりません。詳しいことはこの作業場の責任者のマリアに聞いてください。マリア？　マリアいらっしゃい」

「はーい」

やって来たのは、少女たちの中では年長の女の子だった。濃い茶色の髪をきっちりと三つ編みにした、白い鼻にそばかすが浮く大人しそうな子だ。私が描いたラフな刺繍の絵を見せると、彼女は少し考えたあとサラサラと花の絵を描いてみせた。

「刺繍にするなら、こういう感じにしたほうが糸の繋《つな》がりがいいと思うんです。あっ、でもこの文字と組み合わせるならこういう花はどうでしょう。この茎を蔓《つる》みたいにして……」

小さな手から次々と生み出されていく鮮やかな花は、見事の一言に尽きた。

これが刺繍になったらどんなに素敵だろう。――私はその少女、マリアの描く世界に一目で魅了されたのだ。

それから私はマリアにたびたび仕事を依頼した。

小さなハンカチから始まった刺繍は、服飾小物を経てやがてドレスという大物へ。彼女は着実に腕を上げていった。

そして十六歳になったマリアが施設を出る時、私は腕の確かな職人に頼みこみ、ひそかに彼女を弟子入りさせてもらう手筈《てはず》を整えた。

数年この職人の元で修業を積めば、彼女の実力なら行く行くはこの国では大手のシャルロッテ商会のお抱えになれるだろう。私は内心そんな青写真を描いていたのだけれど……。


あと数ヶ月で予定の修行期間が終わり、マリアは独り立ちするというところまできていた。だからこそ今日、私は今後の計画を話そうと彼女に会いに行ったのだ。

けれど、彼女は私の顔を見るなり結婚が決まったことを告げた。相手はリシウス商会に勤める若い青年だと。そして今の修行期間が終わったあとは、リシウス商会お抱えの工房に入れることになったのだと、それは幸せそうに笑ったのだ。

由緒ある老舗のリシウス商会と、私が懇意にしている新興のシャルロッテ商会は、ライバル関係にある。つまり、私はまんまとリシウス商会に出し抜かれたのだ。

今から思い返せば、その兆候は少し前からあった。

施設を出てからというもの、マリアは会うたびにどんどん綺麗《きれい》になっていった。固く結んでいた三つ編みを解き、薄く口紅を塗るようになった彼女は、私がどきりとするほど大人っぽい表情をするようになっていた。

その様子になにかいいことでもあったのかと聞くと、マリアは恥ずかしそうに恋人ができたのだと教えてくれた。

「私より三歳年上の人で、大きな商店の見習いになって施設を出た人なんです。最近街で偶然再会して、それからまた会うようになったんです」

頬を赤らめはにかむマリアはとても可愛く、幸せそのものといった様子だった。だからその時私は深く考えもせず、よかったわね、おめでとうと祝福したのだ――。

「……つまりミキが数年がかりで育てた職人を、独り立ち間際になって引き抜かれたってこと？　契約書は交わしてなかったの？」

「まだ必要ないって思ってたのよ。下手に勤め先を保障して、慢心が出てもいけないとも思ったし」

「ふーん、あんたにしては珍しく詰めが甘かったわね」

「まあね、その通りだわ」

私は目の前に置かれたグラスを揺らしながら、はあと溜息をついた。

どこまでも冷たく透き通るお酒、ジン。特徴のある香りと高いアルコール度数は、どちらかというと飲む人を選ぶ酒だと思う。

でも時々無性にこの癖のある香りが恋しくなる私は、ジンが飲みたくなると決まってここ、リタの酒場に足を運ぶのだ。

「それで、このまま指を咥えて黙って見てるわけ？　リシウスなりその女の子なりに抗議はしないの？」

「そんなの、私が抗議できる立場じゃないわよ。マリアの修業先の職人が言うなら別だけど、そもそも結婚相手だって同じ施設出身の子だって聞くし」

「あー、まあね、あんたは部外者って言われたら終わりだわね」

「そう！　はっきり言って私は部外者なの！　だから余計に悔しいの！　ああもう、今日はとことん飲んでやる！」

「はいはい、わかりました。でもどうせ愚痴るんだったら私じゃなくて、最近できたあんたの男に言えばいいのにさ」

「……なんでリタが知ってるの」

「あれだけ飲みに来てた人間がぴたりと来なくなれば、なにかあったって普通は思うわよ？」

そう言ってリタは赤い唇に妖艶な笑みを浮かべた。

酒場のオーナーであるリタは、この世界でできた数少ない同性の友達の一人だ。

燃えるような深紅の髪を持つ彼女はどんな客相手でも気さくに振る舞う反面、余計な詮索は一切せず、適切な距離感をきちんと測る。

だからこそ私のような怪しげな女でも、ここでは人目を気にすることなくゆっくり酒を楽しめるのだ。

私はジンの中で溺れるライムを指で突くと、鮮烈な香りのするそれを一口飲んだ。

キリッと辛口のジンといつもより酸味の強いライムは、まさに今日の私の気分そのものだ。

「……好きな人の前で愚痴りたくない。面倒な女って思われたくないし」

「くっ、は、あはははは」

「なによ」

「いやいやなに可愛いこと言っちゃってんの。仕事では男と容赦なく張り合ってんのに」

「客にそんな失礼なこと言ってると、そのうち誰も寄り付かなくなるわよ」

ジロリとリタを睨みグラスにさっきより濃くジンを注ぐと、私はこれでもかというくらいライムを搾った。

「それにしても珍しいわよね。あんたがそれだけ入れ込むってことは、よほど腕のいい子だったの？」

「それもあるけど、なんていうか……少し私に似てるなって思ったのよね」

「どういう意味？」

「うーん、そうねえ……」

施設の作業場で女の子たちがお喋《しゃべ》りしながら楽しそうに作業する中、マリアはいつも一人黙々と刺繍をしていた。

その合間にも年下の子の面倒を見て、作業の進捗を確認し、果ては作業場に来た大人の対応まで一人でこなしていたのだ。

誰に言われたわけでもないのに、自然と与えられた役割以上のことをしてしまうところ。

頼まれるとつい嫌だと言えず仕事を引き受けてしまう、どこか要領の悪いところ。

言葉にする前に諦めて、自分の感情を抑えてしまうところ。

でもきっと心のどこかで「なんで私が」と思っているだろうところ……。

私の経験上、この先どこに行っても大なり小なり同じようなことは起こるだろう。それが家庭でも職場でも、私みたいに異世界に来たとしても、どこでも要領のいい人間はいるし、その逆に要領の悪い人間もいるのだ。

だからこそ、頑張っているところをちゃんと見てる人間がいるということを、私はマリアに教えてあげたかったのかもしれない。

「……きっと余計なお世話なのよ」

「なによ、それ」

「私が一人で先走りすぎてたっていうか……。それこそ彼女のことを誰かに頼まれたわけじゃないのにね」

「ふん、でもまあ、いかにもミキらしいわよ。そうやってなにか言おうとして、結局全部自分の中で終わらせちゃうところとかさ」

「そう？　リタには色々愚痴を零してると思うけど」

「今日あんたがわざわざここに飲みに来たのは、もっと文句が言いたかったからなんじゃないの？　その女のこととか、リシウス商会のこととか」

「んー、確かにそのつもりだったけど、リタのお酒が美味しいから、もうどうでもよくなっちゃった」

私は笑ってグラスを両手で包むと、ジンの中で揺れるライムを見つめた。

寒さに弱いと言われるライムの木。それはこの世界でも変わらない。本当はもっと南の温かい国にある果物だと聞いた。

それなのに、リタの酒場は私がいつ来てもライムが用意してあるのだ。

単にほかにライムを使うお酒か料理があるのかもしれないし、リタが商売上手と言えばその通りかもしれない。けれど私が初めてこの店でジンを頼んだ時、ライムがあるか尋ねたのを覚えてくれていたこと。そして次からは、ジンを頼んだらなにも言わずにライムをそえて出してくれること……。その特別感が嬉《うれ》しくて、私はなにかあるとついリタの店に来てしまうのだ。

……結局誰かにちゃんと見ていてほしいのは私自身で、マリアのことだって自己満足に過ぎないのよね。

「なによ、しんみりしちゃって。気持ち悪い」

「いいじゃない。味わってお酒を飲んでるんだから、大人しくていい客でしょう？」

「ふん、酔っ払いがなに言ってんだか。……あら珍しい。新顔さんだわ」

キィという扉の開く音と同時に、冷たい空気が一気に店内に流れ込む。

まるで酒場中の暖かい空気を攫《さら》っていくような風に思わず首を竦《すく》めると、その風を防ぐように隣に大きな身体の男が座った。

「……こいつと同じもんを」

ものすごく低くて不機嫌そうな声と、不機嫌さを隠そうともしない横柄な態度でリタをジロリと睨む人相の悪い男――カイス。

驚く私を一瞥《いちべつ》すると、カイスはリタが置いたグラスにジンを注ぎ、そのまま一息に煽《あお》った。

「どうしてここに？」

「……お前があまりにも遅ぇからよ。迎えに来た」

「わざわざ来てくれたのは嬉しいけど……今日は遅くなるってメモを置いておいたでしょう？　それに馴染みの店だから、なにも心配いらないって」

「女が一人でこんな時間までうろつくもんじゃねえ」

「そんな大袈裟《おおげさ》よ。だいたい宿まで数ブロックしか離れてないんだし、今までだって一度も危ない目に遭ったことはないし」

「ミキ、お前はもっと自分がいい女だって自覚を持て」

「え……？」

「それによ、なんのために俺がいるんだ？　俺はお前の専属護衛じゃなかったのか？」

正面から強い眼差しで睨まれて、その初めて見る怒りの表情に私は言葉を呑《の》む。

カイスは私のなにかって？

この無口で、無愛想で、大きな身体から滲《にじ》み出る威圧感を隠そうともしない不遜な性格で、しかも日本にいた時の私なら敬遠していただろう束縛の強い男は――私の恋人だ。

苛つきを露わに含んだ威嚇するような低い声も、獲物に執着するような仄暗《ほのぐら》い眼差しも、すべて私に向けられた、私だけのもの。

そこまで考えて、私は思わず口元を手で隠した。

カイスがこんなに怒ってるのに不謹慎なことこの上ないけど、……どうしよう、なんだかすごく嬉しい。

カイスはボトルの中身をすべてグラスに注ぐと一気に煽り、乱暴な動作でカウンターの上にお金を置いた。

「行くぞ」

「う、うん。あのリタ、今日はありがとう」

「こちらこそまいど。ミキ、今度またゆっくりね」

「早くしろ」

恐らく真っ赤になっているだろう私とカイスを面白そうに眺めていたリタは、ニヤリと意地の悪い笑みを浮かべるとひらひらと手を振る。

別れの挨拶もおざなりに私はマントを羽織ると、カイスの背中を追って慌ただしく店をあとにした。

「……カイス、待って」

宿までずっと無言だったカイスがドアの前で別れようとするのを、私は無理やり部屋に引きずり込んで後ろから抱きついた。

本当は腕の中にカイスを閉じ込めてしまいたいのに、この大きくて逞しい身体はそれを許してくれない。

それが悔しくてありったけの力を込めて抱きついていると、呆れたように溜息をついたカイスは、こともなげに私の腕を外した。

「酔ってんのか?」

上から降ってくるのは、いつもとは違う固い声と癖のあるジンの香り。

私は頭を振ると無理やりカイスの逞しい胸板に顔を埋め、縋《すが》り付く手にぎゅっと力を込めた。

「どうした?　もしかして泣いてんのか?」

急に声のトーンが変わったかと思うと、上から心配げな瞳が覗き込む。

ああもう、そんなに甘やかさないでほしい。そんなことをされると――もう二度と手放せなくなってしまう。

薄い布越しに感じるカイスの逞しい胸板。そしてジンに混じる濃い雄の匂いを嗅ぎ取った私は、甘える猫みたいに分厚い胸に頬を擦り寄せ、カイスの腰に手を這《は》わした。

「……おいミキ、なにしてんだ」

「カイスを誘惑してるの」

「あんまり煽るような真似すんじゃねぇぞ」

「どうして?」

「今日は手加減してやれそうにない」

「手加減なんて……いらないのに」

「……俺は忠告したからな」

苛立ちを含んだ声と同時に荒々しく抱き上げられて、あっという間にベッドに落とされる。そして、乱暴に私の口が塞がれた。

「……ん……ふっ……ん」

互いの口を貪るような激しいキスに、溺れてしまいそう。鼻から抜ける息も荒々しく、私も深く舌を絡め返す。

口の端から透明な液体が溢《あふ》れ出るのを気にもせず、私たちは急かされるように互いの服を脱がし合った。

「すげえな、もうこんなに濡《ぬ》れてるぞ」

「あっ……ん、だってカイスが欲しいから」

むしゃぶりつくように強く胸の先端を吸いながら、カイスは太い指で秘所の入り口をなぞる。

自分でもわかるくらいトロトロに溶けた私の中が、もっと太くて硬いモノを欲しがってヒクヒク蠢《うごめ》くのがわかった。

「ね、はやくこれ、ちょうだい……?」

私は手を伸ばして猛りきったカイスの肉棒を摑むと、優しく扱くように上下に手を動かした。

「今日はずいぶんがっついてんな。どうした、なにかあったのか」

「ん……もう黙って」

私はカイスをベッドに押し倒して上に跨《また》がり、欲望の切っ先をゆっくり自分の中へと迎え入れた。

「おい、もっとよく解さねぇと……」

「あっ……ん、カイス、おっきくしちゃ、駄目」

太くて熱い杭《くい》を自ら中に穿《うが》つという被虐めいた快感が、カイスの心配げな、でも欲を孕《はら》んだ瞳で加速する。

「くっ……ミキ、無理するな。中が傷付く」

「もう、無理……っ、あ、あ、あ、あああんっ」

自分の重さでずぶずぶと奥まで入ってしまった屹立《きつりつ》に貫かれて、私はカイスの胸に手をついたまま動けなくなってしまう。

まるで自分に刺さる熱杭の太さを測るみたいに蜜道がきゅうと窄《すぼ》まって、みっちり詰まった昂《たかぶ》りが最奥の壁に当たっているのがはっきりわかった。

「おら、手伝ってやるからしっかり摑まってろ」

「あぁっ……ん」

カイスは上半身を起こしてベッドのヘッドボードに寄りかかると、私のお尻の下に手を入れて持ち上げる。

言われた通りに太い首に手を回すと、カイスはゆっくり私の身体を上下に動かし始めた。

「あ……それ、すごい、気持ちいい……っ」

花芽を自分のお腹に擦り付けながら確実に最奥を穿つカイスの手の動きに、私はあっという間に快楽の波に飲み込まれていく。視界がチカチカして、堪らずカイスの首にぎゅっとしがみついた。

「あ……あ、あ、ぁ、んっ、」

「ククッ、これはこれで堪んねぇな。おら、もっと啼《な》けよ」

「カイス……、カイス……」

……リタにはああ言ったけれど、本当はすごく悔しかった。

以前の私だったら、マリアにお説教じみた嫌味の一つや二つ、言っていたかもしれない。

先行投資のつもりで色々な機会にお祝いと称して贈ってきた、高価な裁縫道具の数々。彼女を弟子入りさせるにあたって、どれだけ私が頭を下げて回ったか。そのために一体いくらお金を使ったか。

数年がかりの私の時間とお金が無駄になった徒労感と、よりによってリシウスにもっていかれたというやり場のない怒り。

けれどなにより腹が立つのは、マリアならなんでも私に相談してくれるだろう、きちんと筋を通すだろうと考えていた、いつまでたっても日本人的感覚が抜けない自分の甘さだ。

「……おい、泣いてんのか？」

目尻を伝う涙に気が付いたカイスが動きを止めようとしたので、私は首に強く縋り付いた。

「やめないで、カイス、もっと、もっと気持ちよくして」

「ミキ?」

「もっとぐちゃぐちゃにして、奥を突いて、いっぱいイかせて……ああっ」

言い終わるのを待たずに最奥を抉《えぐ》るように屹立が突き上げられて、一気に高みに連れていかれる。深くて長い快感が弾けて、頭の中が真っ白になった。

「……っあ、カイス、いい、それいい、の……っ」

「グッ……すげえ締め付けやがる……」

もし私が怪我や病気で働けなくなったら。

ミスや誰かの策略に嵌《は》まり、一文無しになったら。

膨大な借金を負い、娼館《しょうかん》や奴隷送りになったら。

社会保障もなにもないこの世界、頼るべき身内もいない私は、いつも薄氷を踏む思いで進んできた。

幾重にも保険をかけ、誰も見向きもしない儲《もう》けの出ない仕事も進んでやってきた。

だけど怖い。いつも怖くて堪らない。一歩でも足を踏み外せば、すぐに奈落の底まで堕ちていくのではないか、そんな恐怖が常に付きまとう。

——だからこそカイスの束縛が嬉しい。

もっと私に執着して、ドロドロに溺れてほしい。

強く、激しく息もできないくらい抱き潰して、私の中にカイスの欲の証を注いでほしい。

そして私を雁字搦《がんじがら》めにして、ここに繋ぎとめてほしい……。

熱に浮かされたようにカイスの名前を呼びながら、私は夢中で快感を追う。

腰を上下に振るたびに、蜜道を逞しい雄が出入りするぐちゅぐちゅという卑猥《ひわい》な水音が聞こえる。

秘所から零れた蜜がお尻を濡らし、それでもまだ溢れてカイスのお腹をびしょびしょに濡らしているのがわかっても、私は腰を振り続けた。

「カイ、ス、きもちいいの、もっと……もっと奥まで、ちょうだい」

「ミキ……今日はすげぇ、な……、クソッ、俺のほうが喰われちまう」

カイスはいきなり私を後ろに押し倒すと、私の両足を持ち上げてものすごい勢いで腰を振り始めた。

ガツガツと叩《たた》きつけられる灼熱《しゃくねつ》の屹立が、容赦なく奥の壁を抉じ開けようとする。

痛いほどの快感にイきっぱなしの私は、それでももっと奥に熱が欲しくて、腰をカイスに押し付けた。

「あ、カイス、あ、あっ、あああああぁぁぁあっ」

「ぐっ、くっ……俺もイくぞ……っ」

私の中で一際カイスの肉杭が膨れたかと思うと次の瞬間、お腹の上に勢いよく熱い飛沫《ひまつ》が降り注ぐ。

私は薄れゆく意識の中で、何度も吐き出される欲の余韻を感じていた。

ふと肌寒さを感じた。無意識に温かくて重いなにかを探していた私は、ぼんやりと自分がベッドの中に一人でいることに気が付いた。

身体を起こして部屋を見回すと、暗闇の中、窓際に立つカイスの姿が見えた。

「……カイス？」

「ああ悪い。起こしたか。外の音が気になってよ。……雷だ」

「雷……？」

言われて耳を澄ますと、間を置いて微かに不穏な音が聞こえた気がした。

ベッドから抜け出してカイスの隣から外を窺うと、かなり遠くの山が時々暗闇の中で光るのが見えた。

「こんな時期に珍しいな」

「……遠雷」

「ああ？」

「ブリスタでは冬の終わりに雷を伴った風が吹くんですって。……明日はここにも強い風が吹くかもしれない」

「そんなもんか」

無言で回された腕に抱き寄せられて、分厚い胸に頭を預ける。
私はカイスの腕の中で、春の訪れを告げるという雷の音にいつまでも耳を傾けていた。

閑話　贈り物

一年を締めくくるこの季節、街は慌ただしい空気に包まれる。

新しい年を前に店は軒並み長い休みに入るため、その前に人々が買い物に繰り出すのは毎年恒例の風物詩だ。

とはいえ小雪のちらつく寒空の下わざわざ買い物に興じる様子は、俺からすれば酔狂としか思えない。今日もミキが出かけたいと言わなければ、俺は部屋にこもって酒でも飲んでいただろう。

はち切れそうな買い物袋を抱えた奴らでひしめき合うブリスタの大通りを眺め、俺は大きく溜息《ためいき》をついた。

思えば昔から年の瀬を迎えるこの時期が苦手だった。

傭兵《ようへい》だった時も、普段は返り血を浴びて笑ってるような奴らが、この時ばかりは腑抜《ふぬ》けた面で郷里や女の自慢話をしやがる。土産にすると言って、出入りの商人から宝石やら服やらを買い込んだり、この時期は腐らないからと自分で狩った大きな牙猪《きばいのしし》を担いで帰った猛者もいたっけな。あまりの浮かれっぷりに、俺はうんざりしてたもんだ。

……そういやあミキは郷里に帰らねえのか？

ふとそんなことを考えた俺は、隣を歩くミキに視線を移した。

どうやらミキは純粋にこの空気を楽しんでいるようだ。威勢のいい呼び込みの声に物珍しげに黒い瞳を瞬かせる。

ミキは自分の故郷や家族の話をしない。

いいとこの育ちだろうに、頑ななまでに過去を語らない姿はどこか不自然で、なにか深い事情があるのだろうと窺《うかが》わせる。

俺なんかと違ってきちんとした親に大切に育てられたんだろうがよ、よほどのことがあって郷里を出たのか。それとも捨てられたか、追われたのか……。

その時、視線に気が付いたのかミキが俺を見上げた。

「ねえカイス、なにか欲しい物はある？」

「欲しい物？　……革の手入れの油は買ったしな。今は特にねえな」

「そういう物じゃなくて、例えばお酒とか服とか、カイスの好きな物で欲しい物はないの？」

「俺の好きな物？　酒はこの間買ったばかりだしな。特にねえな」

「そう……」

そう呟《つぶや》いたきり、ミキは再び大通りに視線を戻した。

綺麗《きれい》な顔と髪を隠すようにマントのフードを深く被り、その下に着込むのは男物の色気のない服だ。本人は女だから用心してるだけだと笑っていたが、恐らくなんらかの理由があって素性を隠してるんだろう。

ミキの部屋は、女の割には物が少ない。物に執着しない質なのか、部屋にある持ち物は自分の服と化粧品、あとは仕事で仕入れたもんがほとんどだ。

以前、ミキが仕入れに行くのについていったことがある。革職人の店だったが、凝った作りの財布を見て目を輝かせるミキに、気に入ったのなら自分のも買ったらどうかと俺は言った。だが、ミキはゆっくり首を振りこう答えた。

『私はいいの。――失くすと悲しいから』

あれは一体どういう意味で言ったのか。俺には難しいことはわからねえが、だが一つ確かなのは、ミキは過去になにかを失ったことがあるんだろう。恐らく、あいつが大切にしていたものを。

「……ミキは欲しい物はねえのか？　女だったらこう、ドレスとか宝石が好きなんじゃねえのか」

「うーん、そうねえ……」

そう言ったきり、いつになく真剣な表情でなにかを考え込んでいたミキは、しばらくすると俺を見てふっと口元をほころばせた。

「欲しい物は、もう持ってるみたい」

「そうなのか？　今日は食い物しか買ってねえだろう」

「私が欲しかった物は、今、手の中にあるからいいの」

そう言って柔らかく笑うミキの表情に、暗い翳《かげ》りは見えない。

……まあこいつが自分から話すようになるまで、長期戦ってのも悪くはねぇかもな。

「そうか。考えてみりゃあ、俺もそうだな」

ゆっくり顔を近づけ、ミキの唇を塞ぐ。冷たい唇が熱を取り戻したのを確認して、俺は顔を離した。

「……ずいぶん冷てえな。早く用事を済ませて宿へ戻るぞ。あと買うもんはなんだ？」

「あと残ってるのはお酒くらいかしら。なにかいいワインがないか見ておきたいの。でも瓶は重くなるから、宿の近くのお店で買おうかと思って」

「ああ？　俺が一緒なんだからそんなの気にすんな。酒瓶ぐらい、十本でも二十本でも持ってやるよ」

「じゃあ、モンドさんの酒屋に行かない？　珍しいウィスキーが入荷したって」

「あのじじいか。いけすかねえ野郎だが、悔しいことに品揃《しなぞろ》えはいいからな」

「ふふ」

……悪くねえな。

去年まではうんざりしていた年の瀬が、今年はそんなに嫌じゃねえ。

だらしなく緩みそうな口元を誤魔化すように、俺は掌の中の華奢《きゃしゃ》な手を握り返した。

第五章　シェラルディの女

冬の間は寒々しい土の色をしていた丘は、気が付かないうちに小花を散らした新緑色のヴェールを纏《まと》ったようだ。街道脇に見える木々の枝も、色付いた芽が今にもはちきれそうに膨らんでいる。

乗合馬車のわずかに開いた幌《ほろ》から吹き込む風は、冷たさの中にもくすぐったいような春の香りを孕《はら》む。誘われるように振り返ったブリスタの街はもう遙《はる》かに小さく、まるでよくできた精巧なジオラマのようにも見えた。

私とカイスは乗合馬車に乗り、ブリスタを出発したばかり。

行き先はいくつもの街を跨《また》いだ王都コルネリア。マリネッラ王国が誇る麗しの都だ。

いつものように顔を出した商業ギルドで手紙を渡されたのは、先週の出来事だ。

「ミキ、いいかしら、あなたに手紙が届いてるのよ」

「私に手紙ですか？」

「ええ。王都のギルドを経由して届いた正式なものよ。ここに受領のサインをお願いします」

顔馴染《かおなじ》みの職員に手渡されたのは、商業ギルドの魔法刻印が押された封筒だった。

魔法刻印とは日本でいう内容証明に似ている。手続きを踏んでギルドを通じて送ることにより、手紙の差出日付や差出人、そして宛先と受領日時がギルドの記録に残るのだ。

表に記されたのは私の名前、そして裏にある封蠟《ふうろう》に押された刻印は、間違いなくあの国の王家の紋章だった。

親愛なるミキ

相談したい件がある故、至急マリネッラ王国、王都コルネリアにあるシャルロッテ商会のジェラール・バーナードを訪ねられたし。

アレクサンドラ

宿に戻って手紙を読んだ私は、思わず溜息《ためいき》をついた。

アレクサンドラとは、エルフの国シェラルディを治める女王の名前である。

ずいぶん簡素な文ではあるけれど、古代文字でしたためられた女王の署名と国璽《こくじ》が、この手紙は紛れもない本物であることを証明している。

簡単に送れる魔法で作った伝書鳥ではなく、手間もお金もかかる紙の手紙で、しかもわざわざ商業ギルドの魔法刻印を押して手紙を寄越したのは、こういうことか。

つまり、この手紙を受け取った以上、私は早急に王都コルネリアに行かなければならない、ということだ。

思わずテーブルの上に手紙を投げ出して思案に耽《ふけ》っていると、ノックの音と同時にカイスの声が聞こえた。

「なあ、俺はこれから出かけるが、よかったら一緒に……なんだ、顔色が悪いな。どうかしたか」

「え？　ううん、大丈夫よ」

ドアを開けたカイスは、私の顔を見るなり半ば強引に部屋に入って椅子に座らせた。そして熱を測るように私の額に手を当てたところで、初めて気が付いたように手紙に目をやった。

「おい、こりゃあなんだ」

「これって？」

「ミキ、お前、シェラルディの女だったのか？」

カイスが指で示したのは、封筒に書かれた私の名前「ミキ・ノナカ・シェラルディ」。

私の名前を見て怪訝《けげん》そうに顔を顰《しか》めるのも無理もない。名前に付く「シェラルディ」、それは私がシェラルディ保護院の出であるということを意味するのだから。

五年前、日本で働いていた私は、いつものように仕事を終えると家路についた。

デパートのバイヤーなんて、定時があるようでない仕事だ。その当時、大きな催事を控え終電間際の帰宅が連日続いていた私は、体力的にも精神的にも限界まで疲れていたのだと思う。

だからマンションの自分の部屋に着いた時、私はろくに確認もせずドアを開けた。そして玄関に足を踏み入れた瞬間、ストンと下に落ちたのだ。

その時の恐怖は、なんとも形容のしようがない。

あるはずの地面が唐突になくなった驚きと凄まじい浮遊感に、私はなす術もなかった。目を開けても真っ暗で、掴《つか》まる物もなにもない。わかるのはただ自分が下に落ちていく感覚。そして頭を過る、自分は死ぬかもしれないという恐怖——。

次に目が覚めた時、私は見知らぬ部屋で一人ベッドに寝かされていた。

そして部屋にいた初老の女性は、ここがシェラルディ保護院であることを教えてくれた。私は保護院の門の外でずぶ濡《ぬ》れで倒れているところを発見され、その後、高熱で五日間も意識がなかったのだと。

「あなたを見つけた日は、前夜から激しい雨が降っていたの。ごめんなさいね、私たちがもう少し早く気が付いていれば、こんなに長く寝込むこともなかったでしょうに。でも、もうここは保護院の敷地内よ。なにも心配することはないの。大丈夫ですからね」

シェラルディ？　保護院？　それに五日間も寝込んでいた？

理解できない単語と状況に言葉を失った私をどう思ったか、その女性はまるで子供に言い聞かせるように丁寧に説明を始めた。

ここシェラルディ王国は、エルフの一族が治める不可侵の永世中立国である。

そしてこのシェラルディ保護院は、助けを求めた女性を保護する、日本でいう駆け込み寺、つまりシェルターのような施設なのだそうだ。

「大きな戦争が終わったばかりですから、人身売買や暴力から逃げて来る女性が多いようですね。ですが皆さん事情は違いますからね。なにも心配いりませんよ」

静かな笑みを湛《たた》えた女性の穏やかな声を聞きながら、私は自分が間違って誘拐されたのだろうと、ぼんやり考えていた。

目の前の女性はどう見ても外国人だ。古めかしい服装も建物の作りもなにもかもが、ここは日本でないことを明確に示唆する。

シェラルディという国名やエルフ人だなんて今まで聞いたことがないけれど、世界は広いのだ。私の知らない国の一つや二つあってもおかしくはない。

恐らく間違って誘拐された私は、意識がないうちに国外に連れ出されたのだ。そして途中で人違いだとわかり、この保護院の前に放置されたのだろう。

今になって思えば、そちらのほうがずいぶん荒唐無稽な考えだとわかる。けれどその時の私は、自分の身に起こっている現実と私の持つ常識の整合性を図り、なんとか理性を保とうと必死だったのだ。

しかしそんな私の希望的な憶測は、体調が戻り一歩部屋から出た途端、一瞬で消し飛ぶことになった。

初めて部屋から外に出て食堂に向かった私は、そこで驚愕《きょうがく》の光景を目にしたのだ。

小人や獣の頭を持つ人間といった、人間以外の種族が入り交じって食事をする、摩訶不《まかふ》思議《しぎ》な光景を――。


いわゆる鍵っ子で、幼い時から自分でなんでもしていた強みだろうか。それとも、大人と呼ばれる年齢になり、ささやかなりとも人生経験を積んでいたおかげだろうか。自分が世に言う異世界トリップをしたという現実を受け入れるのに、さほど時間はかからなかったように思う。

いつまでも己の不運を嘆いていても、なんの腹の足しにもならない。うじうじしててもお腹は空くし、生きていくためにお金が必要なのは、どの世界でも変わらないのだ。

自分の置かれた状況を把握した私は、今後の身の振り方を考え始めた。

聞けばこの保護院に滞在できる期間は、約一年なのだそうだ。それを知った私は、必死にこの世界の知識を学び始めた。


保護院の生活は規則正しく過ぎていく。

ここで暮らす女は労働することで金を稼ぎ、自分の滞在費を賄い、今後の自活の道を模索する。畑仕事が得意な者は畑を、狩りが得意な者は狩りを、手仕事が得意な者は手仕事を担当して、その対価を得るのだ。

一通りの作業をこなしたあと私に与えられたのは、文官、つまり城での事務仕事だった。

実はこの世界に来てしばらくして、私は自分が不思議な力を持っていることに気が付いていた。

まず一つは言語能力。それがどんな言語でも、種族が違っても、例えばエルフのみが話す種族特有で珍しい言葉だったとしても、私は完璧に理解して使いこなすことができた。

あらゆる言語に対応できるその力は、文官としてはとても重宝された。そして私は城で働くうちに、シェラルディを取り巻く大まかな世界情勢を知ることができた。

この世界では十数年前、魔石を巡る大きな戦争が起こった。発端は魔石を巡る人間同士の抗争だった。

シェラルディは中立を貫いたが、同じ精霊族でも鍛冶を得意とするドワーフや攻撃力の高い獣人、そして頭脳を買われたホビット族などは否応なく抗争に巻き込まれた。その結果、抗争は世界中を巻き込む大きな戦争に発展したのだ。

やがて戦争は魔石に関する協定が結ばれたことにより、一応の終結を迎える。それが私がこの世界にやってくる一年前の出来事だった。

私の持つもう一つの不思議な力。それは魔力だ。

この世界で魔法を使えるのは、通常エルフやドワーフ、ホビット等の精霊族のみ。人間で魔法が使えるのは、その一族の血が混ざる混血だけとされている。

その純粋な人間が使えるはずのない魔法が、なぜか私は使えるのだ。

私に魔力があることに気が付いたのは、シェラルディの王宮魔導師筆頭である、えらく顔のいいエルフだった。

総じて美形が多いエルフの一族の中でも、彼の造形は群を抜いて美しく、まるで完璧な比率を計算して生み出された芸術品のような男だ。けれど、その性格は自分の興味のないことには非情なまでに冷酷で、逆に言えば興味対象には異常なまでに執着する。

――言ってしまえば、エヴァンという男はとんでもない魔術馬鹿《マッドサイエンティスト》だった。

「ミキ、あなたは非常に面白いですね。人間のくせにこれだけ大きな魔力を持つとは、一体どういうことでしょう。一度私に身体を調べさせてもらえませんか？」

蕩《とろ》けるような笑みを浮かべて私を壁に押し付ける手には、美しい装飾のガラスの小瓶が握られている。一見すると宝飾品のようだが、私はそれがそんな可愛らしいものではないと知っていた。

「……つまり、それは私に血を寄越せと仰ってます？」

「ふふふ、察しのいい人間は好きですよ。そうです。私はあなたに流れる血に興味があるのです。どこをどう見ても純粋な人間なのに魔法が使える。その血に一体どんな謎が隠されているのかと思うと、今からゾクゾクします。ああ、血の量はこの小さな瓶に入るだけでいいですよ。簡単でしょう？」

「それで？　あなたに血を提供したとして、私になんの利益があるのですか？」

私は溜息をついて乱暴にエヴァンの手を払いのけると、不思議そうに瞬きする彼をジロリと睨《にら》んだ。

「私の血が欲しいなら、それなりの対価を用意してください。そうでなければ話にもなりません」

「……ふむ、そういうものですか。なるほど。つまり対価さえ支払えば、あなたの血をいただけると、そう解釈していいのですね？」

「え？　それは……まあ、対価の内容によっては検討しますが」

「わかりました。それでは対価として、私があなたに魔法を教授してさしあげましょう」


結果から言うと、エヴァンはとても優れた教師だった。

この世界に存在する種族の中で一番魔力を持つといわれるエルフの、しかも筆頭魔術師である彼は、事実上この世界で一番とされる魔術師だったのだ。

そんな彼に師事することができた私は、ある意味とても幸運だったに違いない。たとえ魔力切れで何度も倒れる羽目になったり、貧血になるほど血を抜かれたりしたとしても。

そしてある日、エヴァンは実力を見極めると、私を城の中庭に連れ出した。

「それではミキ、これから最終試験を行います。今から私が魔法で攻撃しますので、あなたは自分の使える魔法でそれを防いでください」

「え？　最終試験？」

「ほら、ぼさっとしていては怪我をしますよ」

「は、はい！」

瞬きする間もなく私に向かって飛んでくる巨大な火の玉に、私は慌てて教えてもらったばかりの防御の結界を張る。

こんなお城の中庭で、しかも衆人環視の中では、まさか第三者を危険に晒《さら》すような大がかりな魔法は使わないだろう。そんな私の希望的観測は、エヴァンから次々と繰り出される大規模魔法の前に、呆気《あっけ》なく砕かれることになった。

やがて一通りの術を試したエヴァンは、滅多に見せることのない満面の笑顔で満足そうに頷《うなず》いた。

「素晴らしい！　ミキ、これなら私の弟子にもなれますね」

「はあ……、それはありがとうございます」

「ですが残念なことに、あなたには致命的な欠点があります」

「欠点？」

首を傾げながら結界を解いたその瞬間、頭上から一羽の白い鳥が私の顔を目がけて飛んでくるのが見えた。

あまりの勢いに咄嗟《とっさ》に腕で顔を覆うと、顔にぶつかる間際で鳥は白い花へと姿を変え、そしてはらはらと地面に散った。

「……今のでわかりましたか？　それがあなたの欠点なのです」

エヴァンは地面に落ちた花びらを拾うとくしゃりと握りつぶし、真剣な眼差しで私を見つめた。

この世界に生まれた魔力を持つ者は、エヴァンのような高等な魔術師に限らず、誰に教わるともなく幼い頃から自然に魔法を使う。それは呼吸をするようなもので、頭で考えずとも身体が覚えているものなのだ。故に咄嗟の時、例えば今のような状況下でも、無意識に魔法を発動して対処するのだという。

けれど、私はそれができない。私はまず状況を把握して、対処法を考えてから魔法を行使する。その頭の中で考えている数秒の差が、魔法の世界では致命的なのだそうだ。

「あなたはかなり高度な魔法が使えますが、魔法を生業とした職業に就くのは止めたほうがいいでしょう。どうあがいても、生まれつき魔法が使える精霊族や獣人には敵いません。そして魔法が使えることは隠しておいたほうが無難です。人間にあなたの持つ魔力が知られたが最後、どう利用されるかわかりませんからね」

「はあ……そういうものですか」

私が首を傾げてそう答えると、エヴァンは怪訝そうに眉根を寄せた。

「……あまりがっかりしているようには見えませんね。ミキは魔術師になりたかったのではないのですか？　それともシェラルディを出たあとに、なにか当てがあるのですか？」

「当てなんてものはまったくありませんが……、そうですね、できれば商いの道に進もうと考えています」

「商い？　つまり商人ですか？　文官としても優秀で、その上そこらのエルフより高い魔力を持つあなたが？」

なにか信じられないものを見るような、残念なものを見るような顔をして驚くエヴァンに、私は苦笑した。

「ええ。私は元々が商人なので、やはりその方面が向いているようです」


保護院に保護された女性がシェラルディに滞在できる期間は、約一年。けれど、保護されたすべての女性が一年後にここを出て行くとは限らない。

身寄りのない者、追われた者、悲惨な過去を持つ者といった一定数の女性は、このシェラルディに定住することを望むのだ。

そんなシェラルディに残った女性たちが始めた手仕事の一つに、レース編みがあった。

恐らく元の世界で言うボビンレースの一種であるシェラルディレースは、絹のような美しい光沢のある細い糸を編んで作られる。

初めてこのシェラルディレースを目にした時、私はあまりの美しさに言葉を失った。

保護院に伝わる独自の手法と完成された精巧なパターンは、私の知るフランスやベルギーの最高級レースと並べてもなんの遜色もない。熟練の手で編まれるこのレースは、もはや特産品の域を超えた芸術品と言っても過言ではないだろう。

それなのに——。

「……なんですかこの値段は」

「はい？　なにか間違えているかい？」

「いえ、そうではなくて、これではあまりにも単価が安すぎると思うのですが」

「そうかい？　昔からこの値段でやっているからねえ。どうも歳をとると数字に疎くっていけないねえ」

おっとり笑うのは、保護院の院長であるエルフの女性だ。長寿を誇るエルフの中でも恐らく高齢であろう彼女は、もう百年以上この保護院の院長を務めているらしい。

「ちょっとお聞きしたいのですが、いつからこの商会と取り引きをしているんですか？」

「そうねえ……五十年、いえもう少し長いかしらねえ」

「もしかして、ずっとこの値段は変わらないままだったりします？」

「ええその通りよ。あら、なにかいけなかったかしら」

それを聞いた私は思わず頭を抱えた。

文官の仕事中に偶然レースの発注書を見つけた私は、記載されたレースの卸値に疑問を持ち、保護院の院長を訪ねたのだ。

この世界に来て間もない私ですらわかる、あまりにも安い価格設定は、恐らく取り引きを始めた当時はこれでもよかったのだろう。だが、今は物の価値も変わっているはずだし、そもそも戦時中は物価が上昇するのがセオリーだ。

原材料となる布も糸も染料だって値段が上がっているはずなのに、レースの値段だけが据え置きで取り引きされているのは、どう考えてもおかしい。

「レースを卸しているのは、このウルリッツ商会だけなのですか？」

「ええ。もう最初からずっとそこで扱ってもらっているわ」

「そうですか……」

それから私は、保護院に関わるすべての発注書と受注書を確認した。

エルフの国であるシェラルディは、結界に守られた深い森の中にある。通常は特別な許可証がないと入国すらできない特殊な立地にあるため、現在ここで商売を行うのは十に満たない国外の商会のみである。

その中でも最大の取引先が、一番の古株でレースを卸しているウルリッツ商会。その次が世界中で一、二を争う老舗のリシウス商会。そしてその次点が、最近少しずつ勢力を伸ばしているという噂《うわさ》の新興勢力、シャルロッテ商会だった。

基本的にエルフという種族は人嫌い、いや、他種族と関わるのを嫌う排他的な種族であるらしい。そして独自の文化と風習に誇りを持つエルフたちは原則自給自足であり、食糧自給率もほぼ百パーセントといっていい。

そんなシェラルディが外から購入する品は、シェラルディでは採れない鉱石や紙や布などの二次産業品と、ごくわずかな嗜好品《しこうひん》だ。

逆にシェラルディが外に向けて販売する品は、この保護院で作られている酒や薬やレース、そしてなにより需要が高いのが、エルフが作り出す魔力を持つ道具と呼ばれる魔道具類だった。
ざっと書類に目を通しただけでも、一番長い取り引きをしているウルリッツ商会だけ、こちらが受注する価格と発注する価格の差異が大きいことがわかる。つまりシェラルディに売る時は高く、逆にシェラルディから買う時は安い。

老舗のリシウス商会はそれぞれの価格の設定は高いものの、両者の差異は少ない。

シャルロッテ商会に至っては、一部で価格の逆転が見られた。

恐らく国営の施設であるこの保護院と、シェラルディ国内での取り引き価格に差はないだろう。つまり保護院だけが不当に搾取されてるわけではないはずだ。そう踏んだ私は、一つ大きな博打を打ってみることにした。

私は人のいい院長に、猫を被ってにっこり微笑んだ。

「院長、相談があります」

「はいはい、なんでしょう」

「シェラルディレースを使って、新しい商品を開発してみませんか？」

恐らく急に卸値を上げると言っても、きちんとした理由がなければ相手は納得しないだろう。

私は無駄な敵や軋轢《あつれき》を作りたくない。円滑に、まっとうな商売をしたい。そしてできることなら、私がシェラルディにいる間に少しでも恩返しがしたかったのだ。

そこで私はこの素晴らしいレースを使った新製品を作ることを提案した。そして新製品を卸す商会の選定にあたって、「入札」方式を取り入れたのだ。

シェラルディと取り引き経験のあるすべての商会に等しく情報を告示し、参加者を募って行われた入札の結果は、順当とも言える内容に終わった。

つまりウルリッツ商会は去り、ほぼ同内容を提示してきたリシウス商会とシャルロッテ商会が残ったのだ。

明らかに若い下っ端の人間を入札に寄越したウルリッツ商会と、何人もの人間を引き連れて乗り込んだリシウス商会の跡取りと、商会のトップがわざわざ足を運んだシャルロッテ商会では、そもそも最初から勝負にもならなかったとは思うが。

「いや、まったく見事なものですね」

入札が終わった会場で私に話しかけてきたのは、シャルロッテ商会のナンバーワン、創設者でもあるジェラール・バーナードだった。

四十になったばかりだというこの男は、弱冠二十歳でシャルロッテ商会を興したそうだ。そして戦争特需で一気に業績を伸ばし、商会は瞬く間に世界でも指折りの規模にまでのし上がったのだと聞く。

目尻の笑い皺《じわ》が印象的な優しげな顔立ちと、自分の魅力を引き出す計算し尽くされた出で立ちは、一見してかなりのやり手だとわかる。

そんな人が、たかが新商品の入札にこんな辺鄙《へんぴ》な土地までわざわざ足を運ぶなんて、よほどの力の入れようだ。私は商品をアピールすべく、ここぞとばかりに微笑んだ。

「お褒めいただきありがとうございます。きっと世界中の女性を虜にするでしょう」

レースです。きっと世界中の女性を虜にするでしょう」

私が院長に提案した新商品は、シェラルディレースをふんだんに使った総レースの下着だった。

従来のコルセットのように、胸を持ち上げたり腰をくびれさせたりといった補正を目的としない、ただ純粋に女性の身体を美しく魅せるためだけの下着を作りたい。

保護院に住む女性たちの絶大な支持を得た私の提案は、熟練の職人たちの手によってあっという間に形になった。私が知る高級ランジェリーと遜色がないほど繊細で、見る者の溜息を誘う美しい下着となったのだ。

そしてこの総レースの下着は、シェラルディに疎開目的で滞在していた高貴な女性や、保護院に保護されていた女性たちの口コミにより、のちに世界中にその評判が広まっていくのである。

私が机の上に並べられた見事な下着を前にそう言うと、ジェラールは笑って頭を振った。

「いいえ、もちろんこのレースの下着も素晴らしいですが、私が言っているのはあなたの手腕です。ミキさん」

「私の手腕、ですか？」

「ええ。私はここ数年シェラルディでの取り引きを拡大させようと、虎視眈々《こしたんたん》とチャンスを窺《うかが》っていました。ですが……エルフの皆さんは長寿だけあって気が長くていらっしゃる。あまりにも芽が出ないので、諦めて撤退しようかとも考えていたんです。それがここ数ヶ月でだいぶ空気の流れが変わったように思います。そしてそれはミキさん、あなたのおかげではないかと私は踏んでいるのですよ」

意味ありげに微笑んだジェラールは胸元から封筒を取り出し、私に向かって差し出した。

「ここにいる女性にさまざまな事情があるのは重々承知しています。ですがもしミキさんが将来ここを出る時は、是非私にご連絡を」

これが、長い付き合いになる私とシャルロッテ商会のジェラールとの出会い、そしてリシウス商会との因縁の始まりでもあった――。

「……おい、おいミキ、起きろ。街が見えてきたぞ」

低い声が耳元で聞こえて、私はぼんやり目を開けた。

整備された大きな街道を走る馬車の振動は規則正しく、身体に回された温かな腕の体温も相まって眠りを誘うのだ。

うとうと微睡んでいた私が重い瞼《まぶた》を持ち上げて外を見ると、街道の先にオレンジ色の西日に照らされた街の門があった。

「……もう夕方なんだ……。私、ずいぶん寝てたみたいね」

「ああ、大きな口を開けて寝てたな」

「うそ！」

「ククッ、どうだろうな。ほら、カコクルセイズに到着だ。いい宿がとれるといいな」

＊　＊　＊

「じゃあ、乾杯」

「おう」

いかにも家庭料理といったメニューが並ぶこの食堂は、恐らく地元で人気の店なのだろう。使い込まれた素朴な木のテーブルが所狭しと並べられ、客同士の話し声と注文を取る元気な店員の声で、店内は賑《にぎ》やかな活気に満ちている。

カコクルセイズ。いにしえの賢者の名前が由来のこの街は、食べ物が美味しいことでも有名な土地らしい。せっかくだからと宿を決めてすぐに夜の街へと繰り出した私たちは、目についた雰囲気のよさそうなお店に入ったところだった。

「ん！　美味しい！」

トロトロに煮込まれた肉を一口食べた私は、その絶妙な味に思わず頬を押さえた。

炙《あぶ》ったチーズがのった山盛りのパンに、カリカリに焼かれた大きな野鳥はコンフィだろうか。テーブルの真ん中に置かれた分厚い鍋には、たっぷりの肉と豆と野菜の煮込みが湯気をたてる。

どれもお店のお勧めだというこの料理は、店員にお任せした結果出てきたものだ。お勧めをと言った私たち二人をまじまじと観察した店員は、満面の笑みで「お任せください！」と厨房《ちゅうぼう》に消え、しばらくして出てきたのはこの圧倒される量の料理だった。けれど、呆気にとられる私をよそに黙々と平らげていくカイスを見ていると、あの店員の判断は正しかったのがわかる。

大きな木の匙《さじ》で煮込みを口に入れ、パンを齧《かじ》り、ワインを一口飲んでからナイフで器用に切りわけた肉を頬張るカイスの食べっぷりは、見ていて気持ちいいほどだ。

「……おい、笑ってねえでちゃんと食え」

「うん」

思えば旅先でこんなに楽しい食事をするのは、今回が初めてかもしれない。この世界に来て色々な土地に行ったけれど、それは旅行ではなく、単なる移動でしかなかった。

男のふりをしてフードを深く被り、荷物もマントの下にしっかり抱えるように持つ。馬車の中でも常に気を抜かず、降りたらあとをつけられていないか注意しながら、宿を決める。安全確保のためのお金は惜しまない。けれど、あまりに高級な宿でも逆にお金を持っていると思われる危険がある。

四六時中神経を張りつめ、景色を楽しむこともゆっくり食事を摂ることもせず、私はひたすら目的地を目指していた。

それがカイスと一緒だと、フードを被って顔を隠す必要もない。

馬車では寄りかかって居眠りまでさせてもらえて、宿だって部屋の交渉も値段の交渉も全部カイスがしてくれる。

どんなお店でも気兼ねなく入れて、私の知らないメニューでも食べきれないかもと躊躇する必要もなくて、なんでも好きなものを注文できるのだ。

バルデラードからブリスタに行く時も一緒だったけど、あれは護衛だったし。今回も仕事絡みだから、厳密な意味では旅行とは違うかもしれないけど。……でもこれって、もしかして、彼氏との初めての旅行……よね？

そんなことをニヤニヤしながら考えている間に、カイスは大きな鳥の骨を綺麗《きれい》にナイフで外し、私のお皿に取り分けた。

「おい、骨は全部外したからこっちを食え」

「あ、うん、ありがとう。これもすごく美味しそう」

「なにかいいことでもあったのか？　さっきからずいぶんとご機嫌じゃねぇか」

「ふふ、わかる？　カイスって素敵だなって思ってたの」

満面の笑みでそう返事をすると、カイスは少し驚いたように目を瞠《みは》ったあと、眉間に皺を寄せた。

「……もう酔ってんのか？」

小馬鹿にしたような、でも半分は本気で心配そうに失礼なことを言うカイスに、今度は私が顔を顰める。

「失礼ね、まだ一杯も飲みきってないのに」

「じゃあ体調でも悪いのか？　そういえば顔が少し赤いな」

「もう！　違うから」

額を触って熱を確かめようとするカイスの手を、私はぎゅっと握った。

「私ね、こんなふうに誰かと一緒に旅をするのって初めてなの」

「そうか」

突然なんの話だと言わんばかりの顔をするカイスに構わず、私は話を続ける。

「今まで商隊や雇い主と一緒に移動したことはあるけど、それはあくまで仕事だったし、それ以外はずっと一人で行動してたのよね」

「ああ」

「魔法は多少使えるけど武器が使えるわけでもないし、やっぱり女だと色々侮られることも多くて。だからフードを被ってずっと男のふりをして、いつも気を張って用心してたの」

「まあ、女の一人旅じゃあ用心するに越したことはねえな」

「だけど今日はカイスが一緒でしょう？　だから顔を隠さず普通に歩けるし、馬車ではお尻が痛いのを我慢してじっとしてなくてよくて、宿の交渉まで全部カイスがしてくれた」

「そんなの当たり前のことだろうが。そんで？」

「だから……その、カイスが頼りになってかっこいいってこと」

「……はあ？」

一体なにを言っているんだと呆《あき》れたような表情と深い眉間の皺と――わずかに染まった目の下。

少し強引に私の手を外したカイスはワインのグラスを持つと、中身を一気に煽《あお》った。

「馬鹿なこと言ってねえで、冷めないうちに肉も食え」

「うん、ふふ、ありがとう」

かつて日本で当たり前だった、でもこの世界では諦めていたこと。それがカイスの隣だと自然にできるのが、すごく嬉《うれ》しい。

……ねえカイス、あなたにとってはなんでもないことかもしれないけど、こんなふうに女として普通に振る舞えるのって、私にとっては奇跡みたいな出来事なのよ？

脂ののった美味しそうな部位ばかり取り分けられたお皿を見ながら、私はそんなことを考える。

「……ん！　このお肉すごく美味しい！　一体なんの鳥だろう。カイスわかる？」

「ああ？　んなもん美味けりゃなんでもいいだろう。ほら、こっちも食え」

「うん、ありがとう。ね、カイス、料理も美味しいし雰囲気もいいし、素敵なお店ね」

「そうだな。酒も悪くねえ」

「本当ね。これハウスワインかしら。ねえもう一本頼まない？」

「ミキ、お前、疲れてるんじゃねえのか？」

「だって私が一杯飲む間に、カイスがほとんど飲んじゃったじゃない。せっかくだから、もう少し飲みたいんだけど」

「……寝るんじゃねえぞ？」

「ん？　なにか言った？　あ、すみません、これと同じのをもう一本お願いします」

「はい！　お待ちくださーい！」

私の声に店員が声も高らかに応じる。少し呆れたように肩を竦《すく》めながらも、私を見つめるカイスの瞳はとても優しい。楽しい夜は更けていく——。

＊　　＊　　＊

食事を終え宿に戻った私は、真っ先にベッドにダイブした。

「んー気持ちいい……」

滑らかなシーツの感触と仄《ほの》かに香る石鹸《せっけん》の匂いに包まれながら、私は大きく身体を伸ばして行儀悪く手足を投げ出した。

ほろ酔い気分の私は、久しぶりの長距離の移動で疲れていたせいもあって、抗いがたい眠気に襲われている真っ最中。せっかくのカイスとの旅行だというのに、我ながらなんて色気のない姿だろうと思う。

そんなことを考えながらもぞもぞと寝返りを打った私は、窓際に立つカイスを眺めた。

ベッドサイドに置かれた魔石ランプが照らすのは、鋭い目つきで窓の外を見つめるカイスの横顔だ。

彫りの深い男らしい顔立ちに高い鼻、そして——横を向いているのになぜかわかってしまう眉間の皺。

シーツに顔を埋めてくすくす笑っていると、こちらを振り向いたカイスが呆れたように鼻を鳴らした。

「ずいぶんとご機嫌だな。寝る前に湯を使うんじゃねえのか？」

「んー、そうなんだけど、こうしてるのが気持ちよくて」

適度に疲れていて、美味しい物をお腹いっぱい食べて、ちょっとお酒でふわふわしてて。

宿のベッドは快適で、カイスがすぐ横にいて、すごくすごく幸せで。

なんかこういうのっていいな。そんなことを考えながら枕に顔をつけてうとうとしていると、ギシリとベッドが大きくたわむのがわかった。

「おい、このまま眠るつもりか？」

「ううん、ちゃんと起きるけど……でもちょっとだけこうしてたいの」

「ミキ、おい、起きろ」

「カイス……ちょっとだけだから……」

「……わかった。もういい。お前はそのまま寝てろ」

「んー……」

ベッドからカイスが立ち上がる気配がして、どこかから水音が聞こえてくる。

これはきっとお湯を張っている音だなんて考えているうちに、私は本当に眠ってしまったらしい。


耳元で聞こえたぽちゃんという水音に、私はゆっくりと目を開けた。

一体いつの間に服を脱がされたんだろう。気が付くと、私はカイスの太い腕を枕にして湯船に浸かっていた。

「……カイス？」

「ようやく起きたか。眠いならこのまま寝ててもいいぞ」

「ん……ぁっ」

お湯の中で胸の先の形を確かめていた指が、いきなり頂をきゅっと摘みあげた。

「こっちはしっかり起きてるしな」

「あっ……ん、カイス……」

「ずいぶんといやらしい身体になったな。……すげえ俺好みだ」

いつから弄ばれていたのか、すでに焦れったい程の熱を孕んだ胸の飾りをカイスの指が執拗《しつよう》に弄る。

固く尖《とが》った頂を扱くような指の動きと耳元で囁《ささや》かれる睦言に、合わせるように腰が動いてしまうのが自分でも止められない。

「ん……カイス……」

胸を揉《も》むカイスの手の上に自分の手を重ね、身体を捩《よじ》ってキスを強請る。

間を置かずにぬるりと入って来た舌に自分の舌を絡ませると、お返しみたいに柔らかく吸われて、焦らすようにゆっくりと口中を舐《な》め取られた。

「ふっ、ん……ぁ……」

執拗に弄られた胸の頂が痛い程に熱を持ち、下の口からトロリとした液体が溢《あふ》れ出してくるのがわかる。堪らず膝を強く合わせると、喉の奥を鳴らすような笑い声と一緒にカイスの太い指が私の中に侵入《はい》ってきた。

「ん……ぁ……カイス、カイス……」

「ここがヌルヌルしてんのは、お湯のせいだけじゃなさそうだな」

お臍《へそ》側の壁の弱いところばかりを擦り上げられて、お腹の奥が疼《うず》くような快感が湧き上がる。焦れた私は、背中に感じる固くそそり立つ昂《たかぶ》りにわざとお尻を擦り付けた。

「カイス……ね……このままじゃのぼせちゃう……」

「そうか？　……じゃあどうしたいんだ？」

「ん……意地悪……早く、ベッドに行こ……？」

ドサリとベッドに寝かされた私に、上からカイスがのしかかる。吐息の熱が伝わるほどに近づいた唇が、私の耳を食んだ。

「なぁミキ、知ってるか？　この宿は防音結界がそれぞれの部屋に張ってあるんだってよ」

「あっ……やっ……」

「今日は好きなだけ大きな声でよがっていいからな」

「あ、あ、カイス、やぁっ」

じゅるりという唾の音と低くてゾクゾクする声を直接耳に注がれながら、蜜口に宛がわれた太い切っ先がぬぷりと入ってくる。

「あ、ああ、あああぁっ……あ」

私を一番奥まで貫くと、カイスはそこで腰を止めて胸の頂を両手で揉み始めた。

容赦なく捏《こ》ね潰される胸の飾りと、耳を犯されてるみたいな感覚に、私の中は勝手にぎゅうぎゅうとカイスの昂りを締め付ける。

「ああ……すげえな……。今日はさんざん焦らされたからよ、たっぷり可愛がってやるからな」

「ぁ……っ、焦らしてなんか……」

「なに言ってやがる、あんな目でずっと見やがって」

「あ、あ……ん」

一気に引き抜かれて再び奥まで貫かれた強い快感に、知らないうちに腰を上げて背を撓《しな》らせる私がいる。

もっと、もっと、何度も奥を突いてほしいのに、ぴたりと腰の動きを止めてしまったカ

イスに焦れて、私はかぶりを振った。

「カイス、動いて、もっと……お願い」

「駄目だ。ミキは一度イくと疲れて寝ちまうからな、今はまだお預けだ」

「あっ、そんな、あ、っ、あ……ん」

「その代わり、こっちでイくのはいくらでも構わねえぞ」

カイスの大きな手で揉みしだかれた胸が歪《いびつ》に形を変え、湯船の中で執拗に扱かれた胸の先が、熱を孕んでじりじりと身体を虐める。

私はカイスの腰に腕を絡めて引き寄せると、熱杭《ねっくい》に秘所を押し付けるように身体を揺らした。

「やあ、あ、っん、カイス、カイスお願い」

「おら、腰ふってねえで、しっかりこっちに集中しろ」

突然強い力で胸の飾りを引っ張られて、それと同時に視界がチカチカ弾け、蜜道が勝手にぎゅうと窄《しぼ》んだ。

「――――ぁああっ……！」

「ククッ、すげえ締まったな。ミキ、上手くイケたご褒美に、たっぷり奥を突いてやるからな」

突然始まった激しい抽送に、カイスが直接耳に注ぐ言葉すらもう届かない。

ようやく与えられたご褒美に身体が喜んで、私はひたすら快感を貪った。

「あ、ぁ、あっ、カイス、そこ、……そこ、いいのっ」

「……う……ミキ……」

両足首を掴まれて大きく股を開かれ、太くて固い熱杭で容赦なくいいところを抉《えぐ》られる。浅いところと深いところを交互に突かれるたびにぐちゅぐちゅと蜜が溢れて、今日はまだ一度もイっていない奥が貪欲に快感を拾った。

「は……あっ……カイス、すごい、いい、いいの、深いの、すきなの」

「クソッ、そんなこと言われたら出ちまうだろうが……っ！」

「あっ、やあああんっ」

突然太い指で秘芯を押しつぶされた私は、背を撓《うが》らせて嬌声《きょうせい》を上げる。

少し余裕のなくなったカイスにガツガツと奥を穿たれて、恥ずかしくなるくらい濡れそぼった蜜口から響く卑猥《ひわい》な水音と肉同士がぶつかる音に、私は堪らず頭を振った。

「ぁあっ、あ、もう、やだ、イっちゃう……っ」

「クッ……ミキ……」

突然がばりと覆い被さったカイスが、私の身体を強く抱きしめた。

「……ミキ……中に……出していいか」

「あっ、あんっ、や、カイス、まって、あっ」

突然のカイスの言葉に、私の身体が勝手にびくりと大きく跳ねる。

話してる間も変わらない激しい抽送に、イかされそうになった私は必死で頭を振った。

「だめ、まって、あっ、あっ、ちょっと、止まって、あっ」

「グッ……く、……んなに締めんな、ミキ」

「あっ、あああっ、ちがっ、あ、あ、あ、だめ、イく、ほんとにイッちゃう……っ」

自分の言葉とは裏腹に、喜びを感じた蜜壺《みつつぼ》が勝手に解放を求めて収縮を始める。私は両足をカイスの腰に絡めると、手を伸ばして目の前の身体にぎゅっとしがみついた。

「カイス、イっちゃう、イっちゃうよ」

「……ッ、ミキ……好きだ。愛してる……クッ」

「すき、私も好き、カイス、あ、んっ、あ、あああああ――――っ」

覆い被さるカイスに強く抱きしめられながら、今まで感じたことのないくらい深い快感に浸る。訪れた法悦に身を委ねながら、私は自分の中に熱い飛沫《ひまつ》が満ちていくのを感じていた。


「ん……」

瞼《まぶた》の裏に感じる眩《まぶ》しい光に、ぼんやりと意識が覚醒する。

ゆっくり目を開けると、珍しくまだ眠っているカイスの横顔が目に入った。

枕に頭を埋め少し私のほうに身体を傾けたカイスは、眉間の皺がないからかいつもより優しい顔に見える。出会った頃より伸びた茶色の前髪が額にかかるのを、私は指でそっと払った。

眠りが浅いのか気配に敏いのか、カイスは私より先に起きていることが多い。

目が覚めた私がベッドから出ようとすると、カイスは決まって腕を絡めて自分のほうに引き寄せるのだ。

以前なんの気なしに、睡眠時間を聞いたことがある。いつも私より先に起きているようだけど、何時間くらい寝てるの？　と。

その時カイスは苦笑いしながら、俺の眠りが浅いのは癖のようなもんだから、と呟《つぶや》いた。気にするな、とも。その時のどこか遠くを見つめるような表情が、なぜか忘れられない。

カイスが過去になにをしてきたか、聞いたことはない。唯一教えてくれたのは、元傭兵《ようへい》で今は冒険者。ただそれだけ。

そして私が知っているのは、傭兵も冒険者もA級になれるのはほんの一握りの人間だけだということ。

つまり、カイスはかなり腕がいいのだ。冒険者としても、そして、傭兵としても。

平和な国で生まれ育った私には、頭で理解していても本質的に理解していないことがある。

水の沸点が百度だという知識はあるけれど、肌で百度という温度を感じたことがないように、戦争や傭兵という言葉は知っていても、真の意味は理解していないのだ。いや、理解できないのだと思う。

カイスが自分の過去をあまり語らないのは、そういうことなのかもしれない。

……ちょっと寂しい気もするけど、私だって自分の過去を話してないのだから、お互いさまよね。それに、今になって過去をわざわざ告白する必要なんてあるだろうか。そもそも日本人同士だって、相手の過去を全部知った上で交際するなんて不可能だ。お見合いの釣書じゃあるまいし……。

そんなことを考えながらつらつらとカイスの筋肉を指で辿《たど》っていた私は、ふと気配を感じて顔を上げた。

「……おはよう、カイス。起きてたの？」

「……ああ。真剣な顔して俺の身体を触ってるもんだからよ、一体何事かと思ったぞ」

「もしかして、起こしちゃった？」

「いや、それは大丈夫だ。……なあ、それよりよ」

がばりと身体を起こしたカイスは、覆い被さるように私にのしかかった。

なぜか不安げな色を宿した瞳が、じっと私を見つめる。手を伸ばして頬を撫《な》でると、カイスの大きな手が上から重なった。

「気分はどうだ？　体調は？」

「ぐっすり寝たから疲れも取れたけど……、どうかしたの？」

「昨夜はその……ミキが嫌がってただろう」

「嫌がる？　私が？」

ものすごく言いにくそうに言葉を選ぶカイスに、私は首を捻る。

嫌がってた？　私が？　一体なにを……？　そこまで考えて昨夜の痴態に思い至った私は、思わず顔を背けて手で覆った。

「あ、あれはそういう意味じゃないの。その……大丈夫だから」

「ああ？　じゃあ一体どういう意味で言ったんだ。おい、ちゃんと俺の顔を見て話せ。俺は本気でお前を心配してだな……ってミキ、どうした？」

覆った手を無理やり剝がしたカイスが、私の顔を見て動きを止めた。

きっと顔が真っ赤になっているだろうことは、自分でもよくわかっている。

だって、カイスは今まで一度も私の中で出したことはなかった。そして、そういう願望があることすら、一切匂わせなかった。

それは、カイスが女性に対して責任感が強い性格だというのもあるだろう。けれどそれ以上に、未来の約束を拒む彼なりの意思表示だとも思っていた。

そのカイスが、昨夜は私の中に出したいと言ったのだ。まさかその言葉が嬉しくて、それだけでイキそうになったとか、そんな恥ずかしいこと言えるわけがない。

「あ、あのね、あれ、嫌じゃないっていうか、だから、ええっと……とにかく、もう気にしないでほしいの」

「はあ？　気にすんなって言われて俺が納得すると思ってんのか？　おい、ちゃんとわかるように説明しろ」

「だって、その……カイスは女性に対して無責任なことはしない人でしょう？」

「ああ？　なんの話だ？」

恥ずかしくて顔を背けていた私は、覚悟を決めてカイスと目を合わせた。

「だから、例えばの話だけど、その……昨夜の行為で私が妊娠したとしても」

「ちょっと待て、ミキ、お前、妊娠したのか？」

がばりと起き上がったカイスが私の肩を摑む。その表情は怖いくらい真剣だ。

「ちょ、ちょっと待ってよ。いくらなんでも次の日にわかるわけないじゃない」

「そうなのか？　本当だな？」

「うん」

驚いた私がコクコクと何度も頷くと、カイスは肩を摑んでいた手を放してガシガシと頭を掻《か》いた。

「……チッ、ぬか喜びさせやがって。……ん？　おい、なんで笑ってやがる」

「ううん、なんでもないの」

どうしよう。上手く言えないけど……カイスが私との未来を望んでくれていることがはっきりわかって、それがすごく嬉しい。

締まりのない顔をしてるだろう私を怪訝そうに眺めていたカイスは、思い出したように口を開いた。

「そんで？　さっきのは結局なにが大丈夫だったんだ？」

「え？　あれはその……昨夜のアレは嫌じゃなかったっていうか、私も嬉しかったって言おうとして……」

一転ニヤリと不敵な笑みを浮かべたカイスは、ぐいと顔を近づけた。

「ふーん、そうか。嬉しかったのか。そういやさっきはやたら真剣な顔して俺の身体を触ってたな。あれはミキに誘われてるって考えてもいいのか？」

「え、ちょ、ちょっと待って！」

不穏な雲行きを感じてじたばたとカイスの身体の下から這《は》い出ようとする私の手を、カイスが摑む。お腹にわざと押し付けられた雄は、すでに凶器のように固くそそり立っていた。

「昨日は一回でとっとと寝ちまうしよ。足りねえんだ。いいだろう？」

「やっ、ん、ちょっとカイス、だめよ。だって今日出発するって宿にも言ってあるし、それにほら、次の街までの馬車も予約済みだし」

「大丈夫だ。なにも心配いらねえ」

「え……？」

きょとんと見上げる私の額に、カイスが熱い唇を落とす。

「全部手配済みだ。宿にはもう延泊するって言ってあるし、馬車の予約の変更も伝言済みだ」

「……！」

「せっかくミキの許可が出たんだ。たっぷり出してやるからな」

ニヤリと笑ったカイスの目が、獰猛《どうもう》に光った気がした。

閑話　旅の途中

　真っ直ぐに伸びる街道沿いに広がる平原は、呑気《のんき》に草を食む獣が点在する単調な風景が延々と続く。

　乗合馬車の窮屈な座席からうんざりしながら外を眺めていた俺は、ふと胸の辺りで動く気配に目を移した。

「……どうした？」

「ん……ごめん……私、また眠ってた……？」

「いいからまだ休んどけ」

「……でも……」

「疲れてんだ。無理すんな」

「じゃあ、もう少しだけ……」

　頭の収まる位置を探してるのか、ミキはしきりと俺の腕に頭を擦り付ける。肩を抱き寄せてやるとようやく落ち着いたのか、しばらくすると規則正しい寝息が聞こえ始めた。

　ここ数日、ミキは馬車に乗るとすぐに眠そうな素振りを見せるようになった。

しばらくの間は抗うように目を擦っているが、強引に俺に寄りかからせると呆気《あっけ》なく眠ってしまう。

夜、無理させている自覚はあるし、なによりブリスタを出てもう二週間だ。男でも疲れが溜《た》まる頃合いだろう。

こんな細い身体で不機嫌な顔一つ見せないのは、女ながらにたいしたもんだ。

とはいえ、ほかの女がどんなもんか、俺なんぞが知るはずもねえが。


俺が生まれたのはいわゆる貧民窟と呼ばれる場所だ。

母親は娼婦《しょうふ》で、子供の前でも平気でおっぱじめるような女だったが、それでも屋根のある場所で暮らしていた俺は恵まれていたほうだろう。

母親が姿を消したのは十になる前だった。惚《ほ》れた男と駆け落ちでもしたのか客に殺されたか、とにかくある日ふつりと姿を消した。住んでた場所を追い出された俺は、以来一人で生きてきた。

幸いなことにガキの頃から一際身体が大きく力も強かった俺は、剣の筋もそこそこよかったらしい。子供なりに知恵を絞り、金払いのいい仕事から仕事へ流れていった結果、行き着いた先は傭兵《ようへい》だった。

傭兵は戦場から戦場へと渡り歩く。必要な物は丈夫な身体と剣の腕だけだ。ご大層な経歴も身元の保証も不要、寝床も食事も雇い主が用意する。

面倒事が苦手な俺は、特定の住処も女も持たない主義だ。一つの仕事が終われば酒を飲み、女を抱き、次の仕事へ向かう。その繰り返しだった。

生来の人相の悪さもこの仕事には向いていたんだろう。いつかは辞めてやると思いながらも、俺はずるずると傭兵を続けていた。

転機が訪れたのは三十の半ばを過ぎた頃だった。

唐突に長年続いていた大きな戦が終わり、終戦と同時に大量の傭兵が職を失った。行き場を失った傭兵の多くは冒険者に転向し、例に漏れず仕事にあぶれた俺も冒険者になった。

そんな俺がミキと会ったのは、鉱山の街バルデラードにある古びた酒場だった。

「横、いいですか」

「……おう」

薄暗い酒場でもマントを着込みフードを目深に被る怪しい男。それがミキの第一印象だ。

だがそいつがとびきり上等な女だとわかった時、俺の中に生まれたのは獲物を前にした飢えた獣のような感情だった。

こいつを逃がせばこの先後悔する。自分の直感を信じた俺は、ミキを追って街を出た。

ミキは明らかに人を動かすことに慣れた、上の人間だ。

洗練された物腰に豊富な知識、身に付ける服はよく見りゃあ高級品だし、食いもんや酒に金は惜しまない。その上ここらじゃ珍しい黒目黒髪の容姿に、魔力持ちだ。

だが奢《おご》られることを好まず、友人だろうが客だろうが、必ず一定の距離を保つ。相手が誰であろうと、決して深入りしようとしない。

それが商人としての心構えなんてもんではなく、ミキが人一倍臆病で、警戒心が強く、そしてなにかを必死で隠しているからだと俺が気付くまで、さして時間はかからなかった。

初めて感じた違和感は些細《ささい》なことだった。そこらで採れるありふれたゴブリンの胡桃《くるみ》を大袈裟《おおげさ》なまでに喜ぶ姿に、いいところのお嬢さんはこんなモンでも喜ぶのかと、俺は単純にそう思っていた。

だが、一緒にいる時間が増えるにつれ、それは違うとわかった。

巧妙に隠してはいるが、ミキは誰でも知ってるようなごく当たり前の知識がないのだ。数カ国語を巧みに操り高度な計算ができるわりに、ガキでも知っている地名や食い物の名前を知らない。その落差はあまりにも不自然で奇妙だ。

そんなミキを本気で手に入れたいと思うようになったのは、一体いつからか。

怪我をして震えてんのに、それでも気丈に振る舞おうとした時か。

好物の酒を前に、目をキラキラさせてる時か。

それともベッドの上で貪欲に俺を強請る時か……？

決定的に俺たちの関係が変わったのは、ミキ宛てにやたらご大層な手紙が届いた日だ。

封筒に書かれたミキの名前は、ミキ・ノナカ・シェラルディ。

こいつはシェラルディの女だったのかと驚くと同時に、俺はミキの過去を垣間見た気がした。

エルフの国シェラルディは特殊な森の中にある。森の魔力なのかエルフの結界なのか、許可証を持たない者は入り口に辿《たど》り着くことすらできず、永遠に森を彷徨《さまよ》うと言われている。

そんなエルフの国にあるシェラルディ保護院は、行き場を失った女だけが辿り着くことができる場所だと言われている。

戦争ですべてを失ったか、なにかから追われ命からがら逃げたか、それとも死にそうになったか。とにかく命の危機に遭遇した女は、許可証がなくとも保護院に入れるらしい。ミキの過去になにがあったかはわからない。だが、ミキがなにか死にそうな目に遭ったのは間違いないだろう。

やり場のない怒りに奥歯を噛《か》みしめる俺になにを勘違いしたか、ミキはひどく緊張した面持ちで話を切り出した。

「私はこれから王都に行かなくてはならないのだけど……その、カイスはどうする？」

「ああ？　どうするって、そりゃどういう意味だ」

「それはその……ブリスタからコルネリアまで、下手をすると一ヶ月はかかるでしょう？　それに向こうに滞在する期間を考えたら、数ヶ月はここに帰ってこられないと思うの。だから、その……」

「ああ、そういうことか。そんなら俺の部屋は一旦解約するか。ミキの部屋はどうすんだ？」

冒険者が長期で宿の部屋を借りる場合、期間によって宿賃を割り引くところが多い。

俺たちが泊まる踊る熊亭も一週間、一ヶ月、三ヶ月と滞在期間によって宿賃を割り引く。だが、ミキは特別に年単位で部屋を借りていると聞いていた。

「確かミキはここの契約が半年は残ってんだよな。なんなら金は払うからよ、俺の荷物はお前の部屋に置いて……っておい、どうした」

突然顔を両手で覆ったミキに、俺は慌てて席を立った。

「気分でも悪いのか？」

「……ううん、なんでもないの。ふふ、ちょっとびっくりしただけ。そうね、今回必要ないカイスの荷物は、私の部屋に置いておくといいかもね」

「本当に大丈夫か？　顔が赤いぞ」

「うん、大丈夫。ねえカイス聞いて、今回の旅は少し長くなると思うの」

それからミキが語った計画はこうだった。

エルフの国の女王アレクサンドラたっての願いだ。まずは王都のシャルロッテ商会に行き、ジェラールとかいう男と会う。

だが、そいつとはすぐに会えない可能性が高い上に、どんな用件かも不明だ。場合によってはシェラルディに行く可能性もある。

だから、まずは王都で長期滞在できる宿を探し、現地で情報収集しながらそいつの戻りを待つ――。

「……ふん、まあ妥当な線じゃねえか。とりあえずは王都に行ってから考えりゃあいいんだしな」

「じゃあ、まずしないといけないのは、王都へ向かう準備かしら」

「念のために野営の支度と、二、三日分の食料も用意したほうがいいだろう。そういやあ、ミキはテントは持ってんのか？」

「一応は持ってるけど、すごく小さい一人用よ？」

「俺もそうだな。いい機会だから、二人で使えるテントを買っておくか。……っておい、やっぱり熱があるんじゃねえか？　真っ赤だぞ？」

「……ううん、違うの。その、ちょっと嬉《うれ》しくて」

「ああ？　そんなに大きいテントが嬉しいのか。妙な物が好きなんだな」

「違うから！　……もう！」

口を尖《とが》らせるミキに、俺は意地悪く笑ってみせる。

お前が訳ありのシェラルディの女だろうと、行き先が地の果てだろうと、俺はお前を手放す気も逃がす気もない。

――なあミキ、俺が覚悟しとけって言ったのを、忘れてやしねえだろうな？

じんわりと持ち上がる口角を隠すように眠るミキの髪に鼻を埋めた俺は、白い肌から立ち上る石鹸《せっけん》の香りを吸い込んだ。

第六章　王都コルネリア

マリネッラ王国の都、コルネリア。

白亜の塔がそびえるコルネリア城を中心に広がる王都は、貴族街、商人街、町人街とそれぞれに分かれ、その周囲をぐるりと堅牢《けんろう》な壁が取り囲む城塞都市である。

古くから交易の盛んだったマリネッラは、数年前に終結した戦の被害を免れた数少ない国の一つでもある。双方の勢力から中立の立場を貫き、かつ戦争の特需で金を稼いだ巧みな外交手腕は、並々ならぬ駆け引きの腕と優れたバランス感覚を持つ、商人の国たるゆえんなのかもしれない。

そんなマリネッラの中心地であるコルネリアは、今や国内外の大手の商会が集まる華やかな都になっていた。


「……さすがに痛えな」

ステップを照らす西日に目を眇《すが》めながら馬車を降りたカイスは、背嚢《はいのう》を背負い直し曲げていた腰を大きく伸ばした。

私たちを乗せた馬車は、予定していた時間を大幅に過ぎてコルネリアに到着した。

順調だった馬車の歩みを止めたのは、王都へ入る審査を待つ長蛇の列だ。前回来た時より王都へ入場する門に並ぶ人や馬車の列が伸びているのは、きっと気のせいではないだろう。

前回――あれは私がシェラルディ保護院での滞在期間を終え、エルフの国を出た時だ。シャルロッテ商会の商隊に混ざりここコルネリアにやってきた私は、エルフの国とはまったく違う洗練された街の様子に、とても驚かされたのを覚えている。

「おらミキ、手ぇ出せ。それとしっかり足元を見ろ」

「あ、うん、ありがとう」

「こんな時間になっちまったからな。さっさと宿を決めるぞ」

「そうね。前に泊まった宿が空いてるといいんだけど」

当然のように私の背嚢を持ったカイスは、馬車から降りる時に握った手をそのままに歩き出した。

整然とした石畳の両脇に並ぶのは、歴史を感じる石造りの建物だ。軒に吊《つる》された凝った作りの看板には、見知らぬ名前や単語が踊る。

立ち止まってショーウィンドウを覗《のぞ》き込む人に、両脇に重そうな荷物を抱えた人、その脇を足早に通り過ぎる人……そんな雑踏の中を、カイスはいかにも慣れたように通り抜けていく。

「ミキが泊まったのはなんて宿だ？」

「グランコルネリアだったかな。シャルロッテ商会が紹介してくれたの。素敵な宿だったわよ」

「王都一の高級宿じゃねえか。俺はあんな気取った宿はごめんだぞ」

電話やメール等の便利な通信手段のないこの世界、先触れを出すような特権階級でもない限り、宿の予約などはまずしない。飛び込みでその日の宿を決めるのが普通だ。

当然いい宿はすぐに満室になってしまうので、旅行者は目的地に着くとその日の寝床を真っ先に確保する。宿にあぶれて場末の安酒場で朝まで過ごすなんて、誰だってごめんだ。

「そうなの？　どこかカイスの知ってる宿はある？　それとも誰かに聞いたほうがいいかしら」

「俺の知ってる宿は女連れには向いてねえな」

「でもカイスが一緒だし、大丈夫なんじゃない？」

「壁も薄いぞ？」

「壁って……」

思わず黙り込むと、口の端をわずかに上げたカイスは、握った手の甲を親指の腹でするりと撫《な》でた。

「ミキは風呂のついてる宿がいいんだろう？　いくつか評判のいい宿を当たってみるか。ほら行くぞ。離れんな」

まるで拗《す》ねた子供のように手を引かれながら、その実、私は楽しくて堪らない。

以前王都に来た時は、街を楽しむ余裕なんてこれっぽっちもなかった。

異世界から来た人間だと知られてはいけない。隙を見せるな。小柄な女だからと舐められないように……。そんなことに気を張っていた私は、王都観光どころか周りの景色を見る余裕すらなかった。

だから、今こうしてカイスの隣でごく普通の旅人のように振る舞えることが、すごく嬉《うれ》しい。

「あ、ねえカイス、向こうの看板に書いてあるアウブリガードのツケッツォ専門店って、あれは一体なんのお店?」

「ああ?　アウブリガードは山の名前だろうが。ツケッツォってのは魔物で岩蜥蜴《いわとかげ》の一種だな。あいつらやたらと固くてよ、倒すのが面倒なんだ」

「じゃあ、蜥蜴の革製品のお店かしら」

「昔はここらは防具の店が多かったんだ。その名残かもしれねえな。見たいんだったらあとで連れてきてやる。まずは宿だ」

「……うん。ふふ」

「なんだ?」

「ううん、なんでもない。カイスはコルネリアに詳しいのね」

「昔ここを拠点にしてた時期があったからな」

「そうなんだ。じゃあ王都のこと、教えてね」

「今と昔じゃあ色々違う。俺の知ってることなんざ役に立たねえよ」

「あら、コルネリアを一望できる有名な鐘塔があるんでしょう？　せっかくだから行ってみたいと思ってたんだけど、案内してくれないの？」

「ああ？　ンなとこ俺だって行ったことねえぞ。景色を見てなにが楽しいんだ」

「ふふふ、カイスらしい」

黄昏《たそがれ》が迫るこの時刻、薄闇に包まれる街の街燈が次々と灯される。

昼と夜とをわけるような、子供の時間から大人の時間に移るような、このワクワクする瞬間が昔から好きだった。

「ねえカイス、宿が決まったら今日は外で食事しない？　せっかくだから夜のコルネリアを歩いてみたいな」

高揚する気分を隠して平静を装う私に、カイスは片方の眉をひょいと上げる。

「どうした、珍しくはしゃいでんな」

「はしゃいでなんて……わかる？」

「馬車の中でたっぷり寝て元気になったか？　そういやあ、ずいぶん気持ちよさそうに寝てたな。涎《よだれ》を垂らしてたぞ」

「え？　嘘《うそ》！」

「ククッ、どうだろうな」

「……そうよね、さっき腰が痛いとか言ってた人がいるから、今日は宿でゆっくりしたほうがいいかもね」

わざと口を尖《とが》らせて反論すると、カイスの口の端がニヤリと持ち上がった。

「ああ？　俺を年寄り扱いするんじゃねえぞ。……いやそうだな、じゃあ今夜は宿で腰でも揉《も》んでもらうとするか」

「うーん、そうねえ……どこか美味しい食堂に連れて行ってくれるならいいわよ？」

「本当だな？　よし、急いで宿を決めるか」

「あ、ねえ、向こうに大きな看板があるのは？　目抜き通りに面してるから、便利じゃない？」

「あそこは繁華街に近いからな。夜は遅くまでうるせえし、逆に朝は早くから荷馬車が通るぞ」

「そうなの？　じゃあ……あっちの宿は？　あれだけ食堂が繁盛してるなら、料理が期待できそう」

「却下だ。あれは酒場だ。どう見ても客層が悪いじゃねえか」

「もう！　じゃあどんな宿ならいいの？」

指さす宿を次々と却下されてむくれていると、ふと一本通りを入ったところにある建物が目に入った。

王都の街並みは、乳白色の石造りの建物が基本だ。特にメインストリートに面した店は、日本での銀座と同じに景観を損ねないよう、建物の高さや色使いに厳しい基準があると聞いた。

一体なんのお店だろう。他と同じ石造りの建物であるにも関わらず温かみを感じるのは、エントランスの両脇に吊された見事な寄せ植えのおかげだろうか。バスケットから零れんばかりに花が咲く寄せ植えは、持ち主が丹精込めて手入れをしているだろうことが一目でわかる。

「……どうかしたか？」

「う、ううん、なんでもない。素敵なお花だなと思って」

「あの宿が気になるのか？」

「え？　あそこも宿なの？　なにかのお店じゃなくて？」

「植木の隣に札が下がってるだろう。あれは王都の商業ギルドが発行する宿の営業許可証だ。逆にあの札が表に出てねえ宿はモグリだ。気になるなら中を見てみるか？」

「ええ！」

エントランスを入った正面のカウンターにいたのは、どこか古風なドレスを纏《まと》った初老の女性だった。彼女は私たちが入ってくるのを見てにっこり微笑んだ。

「あら、いらっしゃい。お客様ですか」

「風呂付きの部屋は空いてるか？　とりあえず一ヶ月押さえたい」

「ええ。ちょうどいい部屋が空いてますよ。ご覧になりますか？」

「いいんですか？」

「もちろんです。こちらにどうぞ」

階段を上がり案内されたのは、三階にある淡いグリーンを基調にした部屋だった。

ベッドルームとリビングにトイレとバスが付いた部屋は、こぢんまりとしているものの、どこも清潔に保たれている。

クラシカルな家具も、さりげなく飾られた花も私の好みそのものだけれど……カイスの大きな身体が窮屈そうに見えるのは、きっと気のせいではないだろう。

「当宿は朝食付きで一泊六十ゴルドなの。夕食は別途十五ゴルドで、ご希望のかたにだけ用意しているのよ。夕食をご希望の場合は前もって私に言っていただくか、遅くとも朝食の時に食堂で申し込んでくださいね」

「夕食も宿でいただけるんですか？」

「ええ。うちの宿は料理自慢なのよ。是非試してみてちょうだい。そうそう、長期滞在の場合、最初に一週間分の料金をお預かりするんだけど、大丈夫かしら」

「ねえカイス、どうかしら」

女性の言葉に隣を見上げると、カイスはなんとも言えない表情で腕組みをしている。私の視線に気が付くと、どこかぎこちなく頷《うなず》いた。

「……まあ、ミキが気に入ったならいいんじゃねえか」

「あらあら、ありがとうございます。じゃあ、荷物を置いたら受付にいらしてくださいね」

そう言って女性が部屋を出て行くと、私はくるりと振り返ってカイスに抱きついた。

「なんだ？　やけに嬉しそうだな」

「だって、カイスがいいって言ってくれると思わなかったから」

「まあ俺には似合わねえが、お前にそんな顔されちゃあな」

「ふふ、嬉しい」

まだ私が学生だった頃、旅行でヨーロッパを訪れたことがある。

友人のアパルトメントに泊まらせてもらった貧乏旅行で、交通費すら節約しようと毎日足が棒になるまで街を歩き回った。当然、星のついたホテルやレストランなんて夢のまた夢。だから素敵なホテルやお店を見かけるたびに、いつかはお金を稼いで訪れたいと憧れていた。

……ここは異国どころかこんな異世界で、しかも隣にいるのは甘い笑顔一つ見せてくれない男。だけど、ひそかな夢が叶《かな》ったことが嬉しくて堪らない。

「ねえ、カイス、ちょっと屈んでくれる？」

「ああ？　なんだ？」

「私、一度でいいからこんな素敵な宿に泊まってみたかったの。ありがとう。カイス、大好き」

「……おう」

シャツを掴《つか》んでカイスの頬にキスをすると、眉間の皺《しわ》がほんの少し緩んだように見えた。

＊　　＊　　＊

その翌日、私はカイスと連れだってシャルロッテ商会に向かった。

今回の旅は、アレクサンドラ女王陛下からの使命を果たすことが第一の目的だ。つまり、ジェラールとの面会である。

けれど予想に違わず彼は不在で、店員曰《いわ》く今はレントの街に向かっているのだという。紡績の街として知られるレントは、確か王都からは馬車で二日ほどかかったはず。つまり、どんなに早くてもジェラールと会えるのは四日後という計算になる。

私は王都での滞在先を記したジェラール宛の手紙を店員に託すと、シャルロッテ商会をあとにした。

「……そんで？　今日はこれからどうすんだ」

「そうね、せっかくだから王都を散策してみたいな。カイスが案内してくれるんでしょう？」

「ああ？　俺が女の好きそうな場所を知ってると思うのか？」

「ふふ。馴染《なじ》みの武器屋とか、そういうのでもいいのよ？」

そんなことを話しながらぶらぶら歩いていた私たちは、喧騒《けんそう》から離れた裏通りにひっそりと佇《たたず》む不思議な店を見つけて足を止めた。

淡いミントグリーンの看板に書かれた名前は、「淑女のお店」。チョコレート色のドアを開けると、ダークチョコレート色の床にミントグリーンの壁が目に飛び込む。白い家具と白い額縁の絵が飾られた店内は、いかにも女性の好みそうな可愛らしい内装だ。

そして正面のデリケースに行儀よく並ぶのは、およそ二センチ四方の上品なサイズのチョコレートだった。

「このチョコレート、なにか特別な素材を使っているんですか？」

一粒はとても小さいにもかかわらず、プライスカードに書かれた値段はなかなか強気の設定だ。

よほど高価な材料を使っているのかと不思議に思って尋ねると、ミルクチョコレート色の髪とミントの瞳を持つ店員は綺麗《きれい》な笑みを浮かべた。

「申し訳ありません。材料については一切お答えいたしかねます。ですが、効果にはいずれも自信のある自慢の一品です」

「効果？」

「ええ。当店のチョコレートはそれぞれに効果があるんです。例えばこちらのチョコレートは肌が綺麗になる美容効果、そしてこちらは安眠効果ですね」

効果と聞いて思い浮かんだのは、日本でも一時期流行った胡椒《こしょう》やカルダモン、ナツメグ等の香辛料を組み合わせたスパイスチョコだ。生姜《しょうが》やクコ、干棗《ほしなつめ》や陳皮《ちんぴ》で作る薬膳チョコなんていうのもあったっけ。

確か複雑な味わいと身体に優しいチョコレート、というのが謳《うた》い文句だった。つまり、これもそういった類いのチョコレートだろうか。

「よろしければ試食をどうぞ。後ろのかたも。これは疲れが取れると評判です」

首を傾げてデリケースを見つめる私の前に、シルバープレートにのった半分にカットされたチョコレートが差し出される。

ぱっと見はごく普通のシンプルなプレーンチョコだ。けれど、恐る恐る摘んだ指先に、私は微かな違和感を覚えた。

掌が熱くなってチリチリするような感覚。これは、もしかして……。

「……魔法？」

「おや、よくおわかりで」

微かに目を瞠《みは》った店員は、こっそりチョコレートには魔法がかかっているのだと教えてくれた。

ただし薬草や特別な材料を練り込んだのではなく、あくまでもまじない程度の軽い魔法だと。だから、その効果は食べる人次第なのだと。

「高度な魔法を付与《エンチャント》して、悪用でもされたらつまらないじゃないですか。私は純粋にチョコレートを楽しんでいただきたいのです」

茶目っ気たっぷりに片目を瞑《つぶ》った店員は、チラリと私の後ろにいるカイスに視線を移した。そしてしばらく考えたあと指さしたのは、デリケースの隅にある白い花が描かれたチョコレートだった。

「お客様でしたらこちらはいかがでしょう。当店の一番人気、淑女のチョコレートです」

その夜、夕食を終え宿に戻った私は、いそいそと買ってきたばかりのミント色の箱を開けた。

一通り説明を聞いて悩んだ末に選んだのは、疲労回復と体力向上、そして例の白い花が描かれたチョコレートだ。

美容効果、体質改善、月経時の生理痛軽減……そんなまっとうなチョコレートを押しのけ人気なのが、色とりどりの花が描かれたこの淑女シリーズなんだそうだ。

ピンクの花は性欲上昇、赤い花は感度上昇、青い花は分泌液の増加……つまりこのシリーズは、女性向けの媚薬《びやく》効果があるのだそうだ。

「おい、本当にそいつを食うつもりか？」

「もちろん食べるわよ。だって、そのために買ったんだもの」

ソファで白い花が描かれたチョコレートをまじまじと観察する私の隣に、カイスがドサリと腰を下ろした。

店員お勧めのこのチョコレートの効果は、「素直になる」。

素直になるって一体どういうこと？　と首を捻る私に、店員は初めて淑女のチョコレートを買う人には、まずこれを勧めるのだと言った。これはさまざまな効果を緩く穏やかにした初心者向けで、入門編のようなチョコレートなのだと。

そもそもこの種の魔法は、受け手の体質やその場の状況によって効果が変わる。魔法抵抗力が強ければ効果が少ないし、その逆も然り。

淑女シリーズのチョコレートは日本円にして一粒五千円くらい。媚薬の相場は知らないけれど、効くか効かないかわからない媚薬、しかも一回分と考えるとお高い部類に入るのかもしれない。

だからまずはこれで試して、効果があれば……ということらしい。

「大丈夫よ。特におかしな感じはしないし、さっき食べた『疲労回復』のチョコレートで効果は確認済みだし」

「だがよ……」

腕を組み眉根を寄せた仏頂面で、さも忌々しげにチョコレートを睨《にら》むカイスの顔には、ありありと不信感が浮かぶ。

確かにいくら評判だとしても、目に見えない魔法のかかったチョコレートだ。しかもそれが媚薬効果だなんて、はっきり言って怪しすぎる。いつもの私だったらきっと手を出さないし、出す気もない。

けれど、私はふと考えてしまったのだ。目下売り出し中の、シェラルディレースを使ったあの贅沢《ぜいたく》な下着のことを。

あの溜息《ためいき》の出るほど繊細な総レースの下着で装って、意中の男性と一緒にこのチョコレートを楽しんだらどうだろう。

本当にごく特別な顧客にだけ、下着にこのチョコレートを添えて紹介したら、と。

そしてそのためには、まず自分でその効果を試さなければ……とも。

「……こんな得体のしれねぇもん、俺は反対だ」

「あら、でも私になにかあればカイスが助けてくれるでしょう？」

くすりと笑って口に入れたチョコレートは、特に変わった味がするということもなく、あっという間に溶けてなくなってしまう。

神妙に舌に残るチョコレートの余韻を味わっていると、ますます眉間の皺を深くしたカイスが顔を覗き込んだ。

「大丈夫か？」

「うん。普通に美味しい。でもちょっと私には甘さが強いかな。ねえ、せっかくだからなにか飲まない？」

「今日は酒はやめておけ。……それよりちゃんと顔を見せろ」

強引に手を引かれてカイスの膝にお尻を乗せると、大きな手が頬に触れる。しばらくすると、今度は髪の隙間を侵入して項を覆った。

「……熱くはねえようだな。気分はどうだ？」

「大丈夫よ。ふふ、今日のカイスはずいぶん過保護だよね。あなたの手のほうが熱いんじゃない？」

「ああ？　そうか？」

「うん。熱くてこのまま溶かされちゃいそう」

「…………」

突然訪れた沈黙を不思議に思って顔を上げると、不機嫌そうに眇めた瞳が私を見下ろす。ランプの光が反射したカイスの瞳は、まるでグラスの中でトロリと揺蕩《たゆた》うウィスキーみたいに美味しそうだ。

「……なあミキ、本当に変なところはねえのか？」

「チョコレートが効いてるかどうかってこと？」

言われてみれば、お酒を飲んだ時みたいにふわふわしてるような気がする。ほろ酔いのような、ちょっとドキドキする高揚感。気が大きくなって、そして人肌が恋しくなってしまう、あの感覚に似てる。

「自分ではわからねえのか」

無言で考え込んでしまった私の唇をカイスがそっと塞ぎ、侵入した舌はなにかを探すように慎重に這《は》い回る。

「……甘ぇな」

ゆっくり遠ざかる唇が名残惜しくてじっと見つめていると、口の端がニヤリとつり上がった。

「効果とやらがあるのかどうか、俺が確かめてやる」

手首を摑んでソファに押し倒されて、欲望を孕《はら》んだ瞳が私を見下ろす。発情した雄の顔に、私の身体にも一気に火がついたのがわかった。

「確かめるって……どうするの？」

「そうだな、まずは味見だな」

意地悪そうにつり上がった口の中に、胸の頂が消えていく。服の上から先端を軽く吸われただけなのに、鋭い快感が全身を走った。

「あっ……や、なに、これ」

「どうした？　腰が揺れてんぞ？」

「だって、なにか……変、なの」

カイスに触れられた場所から身体が熱を持ち、お腹の奥が切なく疼《うず》く。

そんな私の様子に気が付いたのか、カイスはちゅうちゅうと胸の先を吸いながら私の服を脱がしていく。空いた手で下の割れ目をなぞり、そこがぐっしょり濡《ぬ》れているのがわかると、下着をずらして蜜口に指を埋めた。

「すげえな。まだなにもしてねえのに……ヌルヌルしてやがる」

太く、節ばった指が蜜襞《みつひだ》を搔《か》き分け、なにかを探すようにゆっくりと蠢《うごめ》く。陰核の裏側辺りを擦り上げられて、私は堪らず両足でカイスの腕を挟んだ。

「あっ、やだ、あ、あ、あ……っ」

「なんだ、もう挿れてほしいのか。しょうがねえな」

性急な動作で自分のズボンの前をくつろがせたカイスが、太くて熱い切っ先を入り口に宛がい、わざと花芽に擦り付けるように雄をスライドさせる。そしてたっぷりと蜜を纏わせてから、固くそそり立つ屹立《きつりつ》をゆっくり私の中に打ち込んだ。

「あ、あああああっ」

まるで焼け付くような熱の塊を、ぬかるんだ蜜壺《みつつぼ》が喜んで呑《の》み込んでいく。挿れられただけなのに、強すぎる快感に視界がチカチカと瞬いた。

内壁を緩く突き上げられるたびに腰が迎えるように揺れて、そんな私の反応を楽しむように、カイスは角度を変えて何度も奥を穿《うが》った。

「あっ……どうしよう、すごくいいの、あ、あっ、んんんっ」

「なんだ、もうイくのか?」

待ち望んでいた快感に、全身にぎゅっと力が入る。膣《ちつ》のどこを擦られても気持ちよすぎて、どうにかなってしまいそう。

堪らず目の前の胸に縋《すが》り付くと、カイスは剛直を更に奥にねじ込んだ。

「っあ、あ、あああああんっ」

「ククッ、今日はずいぶんイくのが早えな。さっきのチョコレートのせいか?」

「や、わかんない、でも待って、今動いちゃだめ……ん、イってるから、あ、だめ、ソコ、またイっちゃうの」

「抜くのも駄目か。しょうがねえ。じゃあこのまま俺もイかせてくれよ」

「あ、まって、や、あ、あああぁっ」

どうしよう。奥を突かれるのも、ギリギリまで引き抜かれるのも、気持ちよすぎて変になる。腰を摑む手の感触すらゾクゾクして、まるで全身が性感帯になってしまったみたい。身体を捩《よじ》って快感から逃げようとする足首を摑まれて、大きく股が開かれる。露わになった秘所に、カイスは容赦なく灼熱《しゃくねつ》の杭《くい》を打ち込んだ。

「あ、カイス、それすごいの、そこ、あ、あああっ」

「クッ……一度出すぞ……！」

私の中で熱い飛沫《ひまつ》が吐き出される感覚に、堪らずカイスにしがみつく。

敏感になりすぎた身体は首にかかるカイスの吐息にすら反応して、私はビクビクと震えた。

「ミ、キ……今日はすげえな……」

「ん……カイス……」

強い快感にわななく私を持ち上げて、カイスは繫《つな》がったまま自分のお腹の上にのせる。

未だに固い杭に貫かれて身体を捩ると、カイスは楽しげに私のお尻を持ち上げ、揺らし始めた。

「あんっ、待って……少し、休ませて……だめ、だめなの」

「駄目じゃねえだろ。好きだろう？」

「だって、気持ち、よすぎて……おかしくなるの」

「好きなだけ気持ちよくなりゃあいいじゃねえか。おら、俺が動かしてやるから、お前はしっかり摑まってろ」

カイスはソファの背に寄りかかりながら、私の身体を上下に動かす。乳首と陰核がわざと擦れるように揺らされて、私は再び高みに上り詰める。

下から突き上げる肉棒が、敏感な場所をいい角度で擦り上げる。ぶるぶる揺れる胸をしゃぶられて、迫る絶頂の予感に私は浸る。

「ぁ……カイス、いいの、それ、……あ、ぁ……」

「性欲と感度が上がるって言ってたな。あとは濡れやすくなんのか？」

「あ……カイス……カイス……」

接合部から溢《あふ》れた白濁と私の蜜が混ざり、グチャグチャと卑猥《ひわい》な水音が部屋に響く。

瞼《まぶた》の裏がチカチカと点滅を繰り返し、深くて長い絶頂がいつまでも続く。休む間も与えられない快感が強すぎて子供のようにかぶりを振ると、カイスは更に激しく腰を突き上げた。

「なんだ、どうした？」

「……ぁっ……もう、もう、だめ、なの、いきすぎて、へんに、なっちゃう……っ」

「グッ、……お前」

「あ、や、ああああああんっ」

カイスは突然体勢を入れ替えると、私を四つ這いにしてお尻を高く持ち上げた。

「おら、これが、いいんだろ……っ？」

「やぁっ、それ、激しい、の、だめっ、あっ、ぁあああああっ」

太くいて固い杭が私の中を激しく出入りする。なにかに摑まりたくて手を伸ばすと、カイスは逃がさないとばかりに私の腰を摑んで引き寄せた。そして、更に激しく腰を振って奥を穿った。

「――っあ、あ、あああああぁっ」

「ミキ……クッ」

熱い飛沫がお腹の中で弾けたのがわかる。同時に私の視界も白く弾け、凄まじい快感の奔流に意識が飲み込まれていった。


「……ミキ、おいミキ」

「……ん……」

「ミキ、大丈夫か」

間近から聞こえるカイスのひどく慌てた声に、ふっと意識が浮上する。

重い瞼を開けると、真上から覗き込む珍しく焦ったようなカイスと目が合った。

「……カイス、どうし、たの……？」

「気分はどうだ？　どっか変なところはねえか？」

「……うん。大丈夫。……どうかしたの？」

「すまねえ。その……お前がよすぎて加減ができなかった」

どこか申し訳なさそうに眉を下げるカイス曰く、どうやら私は気を失っていたらしい。

ソファで崩れ落ちるように意識を失ったので、慌ててベッドに運んでくれたそうだ。

「何度呼んでも反応しねえしよ。あのチョコレートのせいかと思って気が気じゃなかった」

「ん……ちょっと疲れたけど、大丈夫」

まるで怪我人か病人を気遣うようにあちこちを触って確認する様子に、私のほうが逆に申し訳なくなってしまう。私はカイスの手に自分の手を重ねると、分厚い掌に頬を擦り寄せた。

「本当に悪かった」

「カイス……そんなに謝らないで。そもそもあのチョコレートを試そうって言ったのは私なんだし」

「だがよ」

「それに、ちゃんと効果が確かめられたから」

「確かめられた？　……あのチョコレートは効いたのか？」

「うん。あの……すごく気持ちよかった。いつもより身体が敏感になったみたいで……」

「へえ、敏感ね」

「あれで入門編だなんて、すごいわよね」

もしほかのチョコレートを試していたら、私はどうなっていただろう。もっと感じていた？　あれより……？　さっきの痴態を思い出すだけで、顔が熱くなってしまう。

「……そりゃあいいことを聞いたな」

「え？　なにか言った？」

「いや、なんでもねえ。とにかく今日はもう寝ろ。疲れたんだろう？　ゆっくり身体を休めたほうがいい」

「う、うん」

カイスは私を腕の中に閉じ込めるように抱きしめると、額にそっと唇を落とす。

あっという間に訪れた微睡みに、私は素直に身を任せることにした。

「……次はあのピンク色を試してみるか。いや、それとも赤がいいか……？」

——その後、再び淑女のチョコレートを口にする機会があったかどうか。

それは、私とカイスの秘密だ。

第七章　ドワーフの火酒

日本語に火酒《かしゅ》という言葉がある。

火をつけると燃えるほど強い酒という意味で、一般的にウォッカやウィスキー、ジンなどの蒸留酒を指すそうだ。

私が知る一番強い酒は、知り合いのバーテンダーに教えてもらったスピリタスというお酒だ。世界一を誇る高いアルコール度数は、煙草程度の火でも引火する恐れがあるらしい。

『うちの店で一番強いのは間違いなくこれですね。ポーランドのウォッカ、スピリタスです』

彼が見せてくれたのは、透明な瓶に入った無色の液体だった。ラベルに書かれた九十六という数字に、私は目を瞠《みは》る。

『九十六度ってすごいですね。これはどうやって飲むと美味しいんですか？　本場の人はやっぱりストレートで飲むのかしら』

『いや、こいつはそういった酒じゃないです。ストレートをショットで飲もうもんなら、下手したら昏倒《こんとう》しますよ。現地では果実酒用として売ってるそうです。強いからすぐに漬かるみたいですね』

『へえ、なるほど』

『癖がないのでカクテルならなんでもいけます。ソルティドッグにモスコミュール、スクリュードライバーでも。野中さんの好みに合わせてなにか作りますか？』

『ウォッカベースのカクテルはこれで作ってるんですか？』

『いやまさか。いつもスピリタスをオーダーするお客さんがいるから置いてるだけで、カクテル用のウォッカは別にありますよ』

『これをオーダーって、もしかしてレディキラーみたいに強いお酒で女の子を酔わすとか、そういうやつ？』

『いえいえ、違いますよ。そのかたは女性です』

　思わず好奇心から聞いてしまった下世話な質問に、彼は困ったように苦笑いした。

『だいたい僕はそんなカクテルは頼まれたって作りません。万が一訴えられたら、店は逃げられませんからね。犯罪幇助《ほうじょ》だっけ？　野郎の下半身の要求を聞いて自分の店を危険に晒《さら》すなんて、馬鹿げてるって思いませんか？』

　ホテルのバーやクラブで長く雇われバーテンダーをしていたという彼は、最近念願の自分の店をオープンしたばかり。カウンターのみの狭い店内は酒やグラスはもちろん、内装や什器《じゅうき》にもこだわりが窺《うかが》える。

　だからだろうか、磨かれたカウンターを前にうっそりと笑う彼の顔からは、一国一城の主となった凄みのようなものが感じられて、酒の名前とともに強く私の記憶に残っているのだ。

「……おいミキ、その酒がなにか知ってんのか」

一面にずらりと陳列された酒の前でぼんやりとそんなことを思い出していた私は、カイスの咎《とが》めるような声で我に返った。

「ああ、うん、ドワーフの火酒でしょう？　私が飲みたいわけじゃないの。これをお土産にどうかと思って」

この日、私とカイスは珍しい酒が揃《そろ》うと評判の酒屋を訪れていた。これから知り合いに会いに行く手土産を探しにきたのだ。

ドワーフの火酒は、この世界で一番強い酒と言われている。本来は火を熾《おこ》す儀式に使用されるらしい。

なんでもドワーフは鍛冶の炉に初めて火を入れる際、炎の精霊に酒を捧《ささ》げるのだそうだ。酒が強ければ強いほど精霊が喜ぶとされ、必然的にドワーフの火酒はかなり強い酒のことを指すようになったと聞く。

「ならいいが、ミキが飲むにはそいつはお勧めしねえぞ」

「カイスは飲んだことあるの？」

「若い頃に一度、騙《だま》されて飲んだことがある。一杯だけだったが次の日ひどい目にあった」

よほど辛い目に遭ったのか、顔を顰《しか》めて忌々しげに瓶を睨《にら》むカイスに、私も以前この酒を飲んだ時のことを思い出した。

うん。確かにあれは、二日酔いなんて可愛いものではなかった。

「でも一日で復活したならすごいじゃない。私はたっぷり三日は寝込んだわよ」

「はあ？」

「私は騙されたというか、単に知らなくて飲んじゃっただけなんだけど」

「……なんだそりゃ」

なぜか怒ったように低い声になるカイスを横目に、私は瓶のラベルをそっとなぞる。

この世界にアルコール度数なんて概念はないけれど、もしあったとしたらこのお酒は一体何度くらいあるのだろう。

そしてそんなに強い酒だと知っていたら、あの時の私は杯を断っていただろうか――。

華やかな王都の一角に、職人街と呼ばれるエリアがある。

昔気質の職人の古びた店が軒を連ねる一帯は、ここが賑《にぎ》やかな王都だと忘れてしまいそうなほど静謐《せいひつ》な空気に包まれている。

初めて王都に滞在していた時、偶然そこに足を踏み入れた私は、聞こえてくる金属を叩《たた》く音に誘われるように一軒の店の扉を潜った。

「……こんにちは」

色の褪《あ》せた重い扉を押した先にあったのは、鉄とオイルが混ざったような独特の匂いだ。

やがて薄暗い店内に慣れた目は、煉瓦《れんが》の壁一面に飾られた大きな剣やナイフに斧《おの》、見たこともない武器の数々を捉えた。

「すごい……」

成人男性の身長ほどもある大剣に、凝った装飾が施された掌ほどの大きさのナイフ。フェンシングで使うような細い剣の横にある鎌は、まるで本に出てくる死神が持つ得物みたいだ。それに、これはいわゆるモーニングスターだろうか。

鈍色に輝く武器の数々は初めて見るものばかり。物珍しさにキョロキョロと店内を物色していると、奥から聞こえていた金属を叩く音がふっと止まった。

「……なんの用だ」

しばらくしてカウンターの後ろからのっそり現れたのは、見事な髭《ひげ》を蓄えた筋骨逞《たくま》しい壮年の男性だった。

燃えるような赤い髪を結わいたその男は、丸太のような腕を組むと不機嫌そうに私をジロリと一瞥《いちべつ》した。

「お忙しいところすみません。珍しくて、つい。こちらは武器屋ですか？」

「ああ？　んなもん見りゃあわかるだろう、うちは鍛冶屋だ。武器屋なら表通りにある。用がないならとっとと出てってくれ」

「す、すみません、王都は初めてでよくわかってなくて。そうだ、よかったら教えてもらえませんか？　ナイフの柄を加工してくれるお店を探してるんです。これなんですけど……」

懐から取り出したのは護身用のナイフだ。

シェラルディを発つ時に餞別《せんべつ》だと魔法の師匠であるエヴァンから贈られたものの、柄が太く文字通り私の手には余る。このままでは宝の持ち腐れになりかねないので、王都滞在中にどこかで調整しようと考えていたのだ。

「私の手には大きいので、柄を握りやすく加工してくれる人を探しています。ですが、鍛冶屋がいいのか武器屋がいいのかわからなくて……」

「おい！　そいつをよく見せてくれ！」

話を途中で遮った男は私の手から奪うようにナイフを取り上げると、驚いたように目を剝いた。

「こいつは……！　お前、これをどこで手に入れた？　いや待て、ここじゃまずいな。こっちに来い」

「え？　は、はい」

慌ただしく連れて行かれたのは、店の奥にある工房だった。

一番奥にある鍛冶炉からはチロチロと炎が上がり、大きな木の切り株の上には柄の長いハンマーが無造作に置かれている。

男は作業机の上に散らばるニッパーやペンチを乱暴にどかすと、興奮した面持ちでナイフの鞘《さや》を外した。

「むう……こいつはすげえ。お前、このナイフがどれだけのもんかわかってんのか？」

ややあってから顔を上げた男は、まじまじと私の顔を見つめた。

分厚い革の鞘から現れたのは白銀に輝く刃だ。精巧に彫られた文様には、エルフの古代文字が模様に紛れるように入っているのがわかる。

エヴァンはこのナイフに、護身の呪《まじな》いをかけたと言っていた。すごいというのはそのことだろうか。それともほかになにか理由があるのだろうか……？

口ごもる私になにを思ったか、男は慌てたように手を振った。

「いや、すまねえ。あんたのことを詮索するつもりはねえんだわ。わかってる。会ったばかりのドワーフに迂闊《うかつ》に話せる内容じゃねえよな」

「え？　ドワーフなんですか？」

「ああ、儂《わし》はドワーフの鍛治師ゴフってんだ。これでも王都じゃちっとは名が知れてるんだがな」

話しながら立ち上がったゴフが持ってきたのは、透明な瓶に入った液体と二つの銀色のゴブレットだった。自分のゴブレットになみなみと液体を注いだゴフはそれを一息で煽《あお》り、もう一つのゴブレットを私の前に置いて液体を注いだ。

「知ってるとは思うが、ドワーフが杯を交わすのは信用の証だ。今じゃあ滅多にやらねえ古くさい習慣だが、儂はあんたの秘密を守るってことでよ。まあ一献」

「は、はあ。じゃあいただきます……」

促されるように、私は見よう見まねでゴブレットを一気に煽り——そのまま後ろに倒れたらしい。

らしい、というのはそれ以降の記憶がないからだ。

とにかくそれが、私とドワーフの鍛冶師ゴフとの出会いだった。


会計を済ませ酒屋を出た私たちは、王都の目抜き通りを並んで歩いていた。

この通りに軒を連ねるのは、国内外の一流どころばかり。どの店も少しでも客の目を惹《ひ》こうと、競い合うように自慢の逸品をショーウィンドウに並べる。

気の遠くなりそうな手の込んだ細工物。溜息《ためいき》の出るような繊細な手仕事の数々。初めて目にする素材に、私の知らない魔法の技……。まるで芸術品を鑑賞する感覚でつい足を止めてしまう私に、カイスは後ろで辛抱強く付き合ってくれる。

……まあ、眉間の皺《しわ》はいつもより深い気がしなくもないけれど。

「……そんでその後はどうしたんだ」

「え？　その後って？　……ああ、火酒の話ね。それが、気が付いたら知らない部屋に寝かされてたから、すごく驚いたのよね。鍛冶屋の裏がゴフの自宅で、奥さんがずっと介抱してくれていたそうなの。起きた時は、とにかく頭痛がひどくて大変だったな」

あの日、激しい頭痛で目を覚ました私は、真上から覗《のぞ》き込むいくつもの瞳に気が付いた。

「母ちゃん！　起きた！　起きたよ！」

「あたし、母ちゃん呼んでくる！」

「待てよ、俺が行くから！」

一斉に湧き上がった賑やかな子供たちの声が、ドタドタと走る足音とともに遠ざかっていく。

ガンガンと痛む頭を抑えてベッドから身体を起こした私は、部屋を見回した。

ログハウスふうの磨かれた太い丸太が横に積まれた壁に、同じく丸太で作られた家具。剝き出しの木材を隠すように壁に飾られているのは、見事な手織りのタペストリーだ。

暖かみのある色調のラグやベッドカバーでまとめられた部屋は、とても居心地よく整えられていた。

「おや、起きたのかい。体調はどうだい」

キョロキョロ部屋を見回していると、そこにやって来たのは、真っ赤な長い髪を綺麗《きれい》に編み込んだ女性だった。

スカートの後ろからこちらを覗く子供たちを部屋から追い出すと、その人は私を見て怒ったように眉を顰《ひそ》めた。

「あの、ここは一体どこでしょう。それに私はどうしてここに……？」

「まあまずはこれをお飲み。あんたずいぶんひどい顔色をしてる。二日酔いによく効くから」

「は、はい」

差し出された大ぶりのマグカップに注がれていたのは、まだ湯気のたつ乳白色の液体だ。恐る恐る一口含んだ私は、身体に染み渡っていく優しい味に大きく息を吐いた。

「……美味しい。ありがとうございます」

「いいってことよ。女の子にあんなもん飲ませた旦那が全部悪いんだ。あんたが気にすることあない」

「旦那さん？　それにあんなもんって……？」

「ああ、私はゴフの妻のターニャだ。ここは鍛冶屋の裏にある自宅さ。覚えてないかい？　あんたはドワーフの火酒を飲んでぶっ倒れたんだよ」

「ドワーフの火酒？」

ターニャの話によると、ドワーフの男にとって杯を交わすのは親しい間柄、つまりなによりの信用の証なのだそうだ。

確かにゴフもそんなことを言っていた。だからこそ私は杯に口を付けたのだ。

ただし、ゴフはそこで大きな間違いを二つ犯した。

一つは工房に置いてあった酒、つまり炎の精霊に捧げようと用意していた、酒精の強いドワーフの火酒を使ってしまったこと。そしてもう一つは、私が女だと気が付かなかったことだ。

ドワーフの火酒を飲んで昏倒した私を、最初ゴフはこれしきの酒で情けない男だと呆《あき》れていたらしい。けれどその場に放置するわけにもいかず、仕方なく自宅に担ぎこんだところで、ようやく私が女だと気が付いたのだそうだ。

平均寿命が三百歳を超えるドワーフから見れば、二十代の私なんてほんの子供に見えるに違いない。しかも女性に火酒を飲ませたことに激怒したターニャは、その場でゴフを家から叩き出したそうだ。

「あの人は仕事に夢中になると、いつも周りが見えなくなるんだ。どうせあんたのナイフに夢中になって、ろくに顔も見ちゃいなかったに違いないよ」

聞けばターニャとゴフは年の差夫婦。私にはずっと年上に見えていたゴフのほうが、実はターニャより五十も下なのだそうだ。

「まったく、こんな若い女の子に火酒を飲ませるなんて、一歩間違えたらとんでもないことになってたよ。あんまりにも腹が立ったもんだから、家から追い出してやったのさ」

そう言ってターニャは豪快に笑った。

元々ドワーフは女性を大切にすることで有名だ。例に漏れず大変な愛妻家でターニャに頭の上がらないゴフは、結局私がベッドから離れることができるようになるまでの三日間、一歩も家に入れなかったのだそうだ。

その後、全快した私とゴフが仲良く膝を並べてターニャに説教されたのも、改めてナイフを見たゴフが再び暴走したのも、今となってはいい思い出だ。

「……なにもなかったんだろうな？」

「なにもって？」

話を聞き終えてますます不機嫌そうに眉間に皺を寄せるカイスに、私は首を捻る。

「ドワーフの火酒を一気に飲みゃあ、男だってぶっ倒れる。身体は大丈夫だったのか？」

「頭痛がひどくて大変だったけど、それ以外は大丈夫だった。お酒が強すぎて味とかは一切覚えてなくて、口に入れた瞬間から記憶がないの。次に気が付いた時には寝かされてて……。ふふ、さすがに懲りて、それからしばらくお酒は断ってたな」

「笑い事じゃねえぞ。世の中甘い奴ばかりじゃねぇんだ。倒れた隙に、そのゴフって野郎になにされてるかわからねえぞ。そもそもな、初めて会う奴に勧められるまま食ったり飲んだりするな。まず相手を疑え。確かにお前は多少酒が飲めるかもしれねえが、世間にはわざと強い酒で潰して、女を食いもんにする野郎も多いんだ。それにな、お前は商売に関しては物知りだが、どっか世間知らずなところがある。自分が女だってことを自覚しろ」

「うん。……ありがとう」

「ああ？　なに笑ってやがる」

「だって、カイスもターニャと同じことを言ってるから」

強面のカイスと、よく笑い表情豊かなターニャ。種族も性別も顔つきもまったく違うのに、どこか似ている気がするのが不思議だ。

怒った顔が似てる？　眉間の皺？　それとも二人が私を心配しているのがわかるから……？

怒るのではなく叱るのは、相手のことを本心から考えているから。

そんな言葉を思い出してつい嬉《うれ》しくなってしまう私は、やはり未だに世間知らずで甘いままなんだろうか。

「……あ、ほら見えてきた。あれがゴフの鍛冶屋よ」

目抜き通りを抜け職人街へとやって来た私は、お目当ての店を見つけて指をさした。遠くからでも微かに届く槌《つち》の音が懐かしい。

「まずはお店に顔を出してから、ターニャに挨拶に行こうかな。ふふ、カイス、もしかしたら質問責めにされるかもしれないわよ？」

「ああ？　なんだそりゃ」

「前にターニャが言ってたの。彼氏ができたら連れてきなさい、私の料理を振る舞ってあげるって」

「……んだよそれ」

「そういえばゴフも、俺が飲み比べしてやるって言ってたかもしれない」

「ドワーフの飲み比べなんて勘弁してくれ。顔だけ出して帰るわけにはいかねえのか」

「ふふ、カイスならきっと大丈夫よ。そうそう、ターニャの料理は絶品なの。ピリッと辛いんだけど、スパイスが複雑で味が深いっていうか、とにかく食べたことのない味だったのよね」

「ドワーフの料理は辛いって有名だろ」

「やっぱりそうなんだ。あの辛いスパイスがたっぷりかかった山鳥の丸焼きが、本当に絶品だったのよね……。あれからずっと同じスパイスを探してるんだけど、結局なんなのか全然わからなくて。あれはターニャのオリジナルスパイスなのかしら」

色の褪せた重い扉の先にあったのは、相変わらずの鉄とオイルが混ざった独特の匂い。

しばらくして薄暗い店内に目が慣れると、煉瓦の壁一面に飾られた大きな剣やナイフに斧、見たこともない武器の数々を捉える。

どこか懐かしい匂いを胸いっぱいに吸い込んだ私は、奥の扉に向かって大きな声で呼びかけた。

「こんにちは、ゴフはいますか？」

「……ぁあん？　悪いが今は手が離せねえんだ。用があるならあとで出直して……ってお前、ミキじゃねえか！　なんてこった！　おいミック、お前ひとっ走りして、ターニャにミキが来たって言ってこい！」

＊　　＊　　＊

大きな骨付きの豪快な塊肉が、真っ赤な炭の上でじゅうじゅうと音をたてる。

滴り落ちる脂がパチパチと爆ぜ、辺りに漂う甘くスパイシーなタレと肉の焼ける香ばしい匂いで、今にもお腹が鳴りそうだ。

ゴフがやっとこのような大きな火鋏《ひばさみ》で摑《つか》んで焼いているのは、シーシープという獣の肉だ。

海岸沿いの険しい崖に生息するシーシープは、厳しい環境で育まれた羊毛が風を通さないことで有名だ。そして潮風を浴びて育つ薬草の一種を好んで食べるおかげで、その肉もまた臭みがない上に柔らかく、絶品なんだそうだ。

「なあ、ターニャよう、もういいんじゃねえか?」

「まだよ。まだまだ。そんだけ大きな塊なんだから、もうちょっと頑張りなさい」

「じゃあ、ちょっくら酒を……いや、なんでもねえ」

再会の挨拶を済ませて早々に私のナイフの手入れを申し出たゴフは、ターニャによって肉を焼く係に任命され、一人中庭で肉を焼いている真っ最中だ。

カンカンに燃える炭の上に大きな塊肉をかざし、時折角度を変えて炙《あぶ》る作業はさぞかし腕が疲れるに違いない。けれど、しょんぼり眉を下げながらもさして疲れた様子もなく肉を焼くゴフは、さすがに火の扱いに慣れた鍛冶師といえるかもしれない。

再会を喜ぶターニャの鶴の一声で、私とカイスもゴフの家族やお弟子さんたちと一緒に夕餉《ゆうげ》に加わることになった。

十人は余裕で座れるだろう大きなダイニングテーブルの上には、所狭しとターニャの自慢料理が並ぶ。どんと置かれた大鍋にはトロトロになった肉と野菜のスープ。飴色《あめいろ》のソースがたっぷりかかったマッシュポテトに深皿いっぱいのキノコのマリネ、その隣には豆と腸詰めの煮込みが見える。山のように積まれたピザのような薄焼きパンの上には真っ赤な香辛料がたっぷりかかり、いかにも辛そうだ。

「さあ、今日は久しぶりに会う友人が一緒だ。みんなたくさん食べておくれ」

ターニャの声に一斉に手が伸びる。料理はどれも頬が落ちそうなほど美味しく、食卓を囲む子供たちやお弟子さんたちの手は止まらない。かくいう私もピリッとした味付けに、いつもよりお酒が進んでしまうのは仕方ないだろう。

「ね、カイス、このスープ、お肉がトロトロですごく美味しい！」

「ああ。こりゃあ美味いな。いくらでも食えそうだ」

「おや、いい食べっぷりだね。あんた、カイスだっけ。辛いのが大丈夫ならこっちの腸詰めもお食べ。滋養たっぷりだからね」

「ああ」

大きな腸詰めをたっぷりカイスのお皿に取り分けたターニャは、外で肉を焼くゴフに視線を移して大仰に頭を振った。

「まったく、うちの人は挨拶もそこそこにナイフを見せろって言ったんだって？　あれはもう病気みたいなもんだからしょうがないけど、久しぶりだっていうのにすまなかったね」

「いいえ、逆に前と変わらない様子で安心しました」

「そうかい？　そう言ってくれると助かるけど。まあ元気にしてたみたいで安心したよ。あのナイフを持ってるからそんなに心配はしてなかったけどね」

「……なあミキ、そのナイフってのは一体なんのことだ」

「ああ、カイスには見せたことがなかったかしら。そんなに珍しいものだとは思わないんだけど」

ターニャの話に怪訝《けげん》そうに眉を顰めるカイスに、私は腰のナイフを取り出した。


『――ミキ、これをあなたに』

シェラルディを発つ時に魔法の師匠から手渡されたのは、一本のナイフだった。

獣の角だろうか、独特の手触りの黒褐色の柄の先に煌《きら》めく白銀の刃には、びっしりと精緻な文様が描かれている。目を凝らすと、シェラルディレースにも用いられるエルフの伝統的モチーフに隠れるように、今は使われない古代文字が刻まれているのがわかった。

『エヴァン、これは一体……？』

『我々一族に古くから伝わる風習で、旅の安全を祈願するお守りのナイフです。本来は親や兄弟といった近しい者から渡す物ですが、ミキには師匠である私から贈りましょう』

『そんな大切な物を私がもらってもいいんですか？』

『ええ。あなたはシェラルディの、いいえ、私の大切な弟子ですから。いいですか、肌身離さず持ち歩きなさい。そして万が一の際には迷わずナイフを抜きなさい。きっとあなたを護ってくれるでしょう。……いつか、またこの地で再会できることを祈っています』

『……はい』

　普段は軽薄にも見える笑みを浮かべるエヴァンの初めて見る真剣な表情に、私は柄にもなく目頭が熱くなったことを覚えている。

「――なんでも、エルフに伝わる旅のお守りなんですって。シェラルディを出る時に、いつも身に付けるようにって渡されたの。私の手には大きいんだけど、特別なナイフだから手を入れないほうがいいってゴフに言われて、結局そのままなのよね」

「へえ」

　カイスは慣れた手つきで革の鞘を外すと、下から現れた白銀の刃にすっと目を細めた。

「こいつは……」

「どうかした?」

「……いや、あの親父が言うんだ。こいつは下手に弄らねえほうがいい」

「ふーん、そういうものなのね。ナイフの扱いに慣れたカイスも同じことを言うんだから、きっと間違いないんでしょうね」

「おいおい、王都コルネリアのゴフっていやあ凄腕の鍛冶師って有名だぞ。わかってんのか?」

「そうなの?」

「おおい、肉が焼けたぞう。皿を持ってこい！」

中庭から響くゴフの声に、わっと歓声を上げて子供たちが一斉に立ち上がる。手伝おうと腰を上げた私は、呆れたようにターニャに目配せするカイスの様子にまったく気が付いていなかった。

――そんな私が、実はこのナイフがミスリルでできていることや、エルフが一族のナイフを渡すのは極めて珍しいという事実を知って仰天するのは、もう少しあとの話。

第八章　リトルブラックドレス　Little Black Dress

シャルロッテ商会から手紙が届いたのは、宿の食堂で朝食を摂っている最中だった。

女将さんから手渡された上質な紙の便箋には、昨夜遅くにジェラールが王都に戻ったこと、そして今日中か遅くとも明朝までに店に来てほしいと、流麗な手跡でしたためられていた。

「ジェラールからだわ。昨日王都に戻ったそうよ。今日か、遅くとも明日の朝までに来てくれって」

「ふん、ずいぶん急がせるんだな。そんで？　いつ行くんだ？」

「そうね……トラブルだといけないから、これからすぐに行こうかな」

シャルロッテ商会のトップ、ジェラール・バーナード。

一代で世界でも指折りの規模にまで商会をのし上げた男やもめの商人は、自分の娘の名前を屋号にするほど子煩悩な男でもある。そしてそのシャルロッテが嫁いだ現在、以前よりいっそう商会の拡大に力を入れていると聞く。

そんな男と会えだなんて、麗しのアレクサンドラ女王はなにをお考えなのだろう。

以前私が担当した品のクレーム？　それとも新たな商品の開発依頼？　そもそも私は何年も前にシェラルディを出た人間だ。それなのに、今頃になってどうして……？

いずれにせよ、大恩のあるエルフ女王たっての願いだ。私に断るという選択肢はないのだけれど。

「私がシャルロッテ商会にいる間、カイスはどうしてる？」

慌ただしく朝食を済ませシャルロッテ商会に向かう途中、隣を歩くカイスに尋ねた。

ジェラールと顔を合わせるのは数年ぶりだ。お互いの近況の報告だけでも話は長くなるだろう。その間ずっと待たせてしまうのは申し訳ない。

それに……カイスは私のパートナーだ。護衛のように扱われるのはちょっと気分が悪い。

「俺も野暮用があるからちょうどいい。そっちは時間がかかるんだろう？　俺は終わる頃に店の外で待ってるからよ」

「野暮用？」

「久しぶりの古巣だ。暇つぶしに知り合いの面でも拝んでくるさ」

「そう……なんだ」

そういえば、カイスは王都を拠点にしていた時期があると話してたっけ。なんでも傭兵《ようへい》だった頃の雇い主が、王都に居を構える人物だったとか。

「それなら私は終わったら一人で宿に戻るわよ。せっかくの王都なんだから、カイスもゆっくりしてきたら？」

「却下だ。俺が迎えに行くまで、ミキは大人しく商会の中で待ってろ」

「ふふ、わかった」

そんな約束を交わしシャルロッテ商会の前でカイスと別れた私は、待ち構えていた店員にすぐさまジェラールの元に案内されたのだった。


華やかな王都のメインストリートを彩る建物の中で、シャルロッテ商会は一際目を引く四階建ての建物である。

買い物客で賑《にぎ》わう店内を抜け店員に案内されたのは、最上階にあるジェラールの執務室だった。

「やあ、久しぶりだね、ミキ。朝早くに呼び出して申し訳ない」

「いいえ。こちらこそ、忙しいのに時間を割いていただいて助かりました」

熱心に読んでいた書類から顔を上げると、ジェラールは私を見て破顔一笑した。

頻繁に連絡を取り合っていたけれど、直接会うのはかれこれ二年ぶりになるだろうか。

柔らかな金色の髪とブルーの瞳を引き立てるサックスブルーのシャツを着たジェラールは、以前と変わらず、いやむしろ以前よりいっそう男っぷりが上がったように見える。

「私のほうこそ一週間も待たせて申し訳なかった。ミキが王都に到着したと連絡は受けていたんだが、これの完成を待ってレントの街にある工房にずっと詰めていたんだ。昨日ぎりぎりで完成したから、夜通し馬車を走らせて戻って来たんだよ」

そう言って、ジェラールは机の上に置いてある平たい箱の蓋を外した。

「実はね、以前ミキと話していた黒いドレスが、ついに完成したんだ」

「黒いドレスって……もしかして、リトルブラックドレスですか？」

リトル・ブラック・ドレス。それは元いた世界では、文字通り黒一色の、装飾の少ないシンプルなドレスを指した。

かつてココシャネルが提唱したこの黒いドレスは、当時の女性のワードローブに革命を起こしたとされる。おかげで以前は喪服のイメージしかなかった黒のドレスは、今や女性には欠かせない、定番の存在となっているのだ。

そんなリトルブラックドレスのコンセプトをジェラールに説明したのは、私がまだシェラルディに滞在している時だった。

当時、黒いレースの下着を新たなシェラルディの商品として発表した私は、次なる商品に黒いレースを使用したドレスを考えていた。

なにも私は、この世界で女性の服に革命を起こそうだとか、そんな大それたことを考えていたわけではない。単純に倉庫に眠るレースのデッドストックと、シェラルディの特殊な事情――つまりエルフは人間の流行りに興味がないし、金儲《もう》けにも積極的ではない、という事実を鑑みた結果、効率よくかつ効果的にレースを売り捌《さば》くには、見栄えがよく、利幅を乗せやすいドレスがいいのでは、という結論に至っただけなのである。

そこで私は、ここぞとばかりにドレスの利点をジェラールに語った。

黒は幅広い年齢層で受ける。羽織り物やアクセサリーでアレンジが可能で、ちょっとしたお出かけからフォーマルな場まで着回せる。しかもオーソドックスな型にしておけば、母親から子供に受け継いでいくことだって可能かもしれない……と。

そんな私の提案を聞いたジェラールは、感心したように大きく頷《うなず》いた。

『なるほど、確かにその考えは面白い。上手くいけば、このドレスは新たな女性服飾の流行になる可能性がある。だがしかし……現状では黒いドレスはまず売れないだろうね』

『難しいでしょうか』

『ああ。やはり黒いドレスは喪に服するイメージが強い。戦争が終わった今は特に時期が悪いな。しばらくの間は下着に的を絞ったほうが確実だろう』

当時は大きな戦争が終わって二年が過ぎたばかり。戦禍は至る所に生々しい爪痕を残していた。そのせいかシェラルディ保護院にいる女性たちもモノクロは避け、鮮やかな色使いや、柔らかくフェミニンな色合いを好んでいるように見受けられた。

『そうか……いっそのこと流行色《トレンドカラー》をこちらで決めてしまえば……』

『トレンドカラー？　なんだね、それは』

『あ、いえ、華やかな色が流行ったあとは、落ち着いた色が好まれると聞いたことがあります。ですから今の流行が落ち着いた頃合いに、この黒いドレスを発表すれば、と思ったんです』

『ふむ。つまり、流行はこちらが作り出せばいいということか。なかなか面白い着眼点だ。……前から不思議だったんだが、ミキは一体どこの国の出身だい？　その知識をどこで学んだのか、とても興味深い』

『あの、それは……』

返事に困って口ごもる私に気が付いたのか、ジェラールは慌てたように手を振った。

『いやいや、これは失礼。シェラルディの女性に過去を聞くのは御法度だった。詮索するつもりはなかったんだよ。本当に申し訳ない。では質問を変えよう。ミキが実際どんなドレスを着ていたのか、デザインを教えてもらえるかい？　例えば襟や胸元の形は……』

それから私たちはドレスのデザインを夢中で話し合った。形は極めてシンプルなノースリーブがいいだろう。ボディラインを綺麗《きれい》に見せるなら少しフィットしたほうがいい。フォーマルな場で成人女性が足を出すのは御法度だから、踝《くるぶし》まで覆うロング丈で……。


「……これが完成品第一号だ。見てくれるかい？」

思い出に耽《ふけ》っていた私は、ジェラールが箱から取り出したドレスを見て息を呑《の》んだ。

それは私の夢と理想が具現したかのようなドレスだった。

濡《ぬ》れ羽色の美しい光沢のある生地で作られたドレスは、緩やかな弧を描くラウンドネックにシンプルなノースリーブ。ウェストを絞り裾に向かって広がるデザインは、ドレスを纏《まと》う女性のボディラインを美しく魅せてくれるだろう。

そしてなにより素晴らしいのが、私が提案したそのままの位置にあしらわれた黒のシェラルディレースだ。細くしなやかな糸を熟練の手で紡いだレースは精緻で、まるで芸術品のように見る者を魅了する。

「なんて素敵……本当に素晴らしいですね」

私は近寄ってそっとドレスに指を滑らせた。艶やかな生地は、うっとりするほど滑らかな指触りだ。こんなドレスを身に纏ったらどんなに素敵だろうと、柄にもなく想像してしまう。

「見事だろう？　完成間近だと聞いて、いてもたってもいられなくなってね。工房まで押しかけてしまったよ。今後の展開としては、袖のあるなしやスカートの丈を選べるよう、数種類のパターンを用意する予定だ。これはオーダーメイドのドレスに引けを取らない、画期的なドレスになるだろうと自負しているよ」

「ええ、本当にその通りです。さすがはジェラール、素晴らしいアイデアですね」

「そこでだ。ミキ、君にお願いしたいことがあるんだ」

ドレスを前に満足げに頷いていたジェラールは、私に向き直ると表情を引き締めた。

「このドレスの制作を急がせていたのは、明日の夜に開催される商業ギルドの懇親会で紹介したいと考えていたからなんだ。まあ懇親会といっても、皆が自慢の品を持ち寄る、立食スタイルの小さなパーティーなんだけどね。そしてその席で、私はこのドレスとミキをお披露目したいと考えている」

ジェラールは手に持っていたドレスを私の身体に合わせると、なにか眩《まぶ》しいものでも見るように目を眇《すが》めた。

「……このドレスはミキに合わせて作らせたんだよ。とてもよく似合ってる。私の見立てた通りだ」

「あの、待ってください。私のお披露目って、どういうことでしょう」

「ミキには唐突に感じるかもしれないが、このドレスの話を聞いた時から、いや、初めてシェラルディで言葉を交わした時からずっと考えていたんだ。ミキ・ノナカ・シェラルディ、仕事の面でも私生活でも、どうか私のパートナーになってくれないだろうか」

「え……？」

「ミキも知っての通り私は独り身だ。妻を亡くしてからというもの、がむしゃらに働いてきたが、娘も無事嫁いだことだし、これからは自分の楽しみに時間を使うのも悪くないと思ってね。……そんな時に、ふと君の顔が思い浮かんだんだ」

「ジェラール、でも」

「私は本気だよ」

気が付くと、真剣な青い瞳がじっと私を見つめている。熱のこもった強い眼差しに、この人が紛れもなく異性だったのだと初めて気付かされる。

でも――どうしようと迷う間もなく、私の答えはすでに決まっているのだ。

「……もし、私の態度が誤解を招いたのなら、申し訳なく思います。ジェラールの提案はとても光栄ですが、仕事をする相手とはお付き合いしないと決めているんです」

言葉を選ぶ時間は、ほんのわずかだったはずだ。けれどそのあとに続いた静寂はとても長く、そして濃密に感じた。

「……はは、即答だね。迷う素振りも見せてくれないとは、つれないなあ」

ドレスを持つジェラールの手が私に触れるか触れないかの位置で止まり、そしてゆっくり離れていく。それを見た私は、詰めていた息をそっと吐き出した。

「ごめんなさい。それに……私には好きな人がいるんです」

「それは最近ミキのそばにいるという、人相の悪い護衛のことかな？」

「ふふ、その護衛が黒ずくめで目つきの悪い大男だというなら、間違いありません」

人相が悪いなんて簡潔かつ的を射た表現に苦笑する私を見て、ジェラールは意外だとでも言わんばかりに片方の眉を上げた。

「傭兵上がりの冒険者と聞いたよ。こう言ってはなんだが、ミキならもっとこう……違う男性を選べるんじゃないのかな。君の持つ知識やこれまで培ってきた経験を得るには、ほかに相応しい人間がいると思うんだが」

「……男性を選ぶだとか相応しいだとか、ジェラールはずいぶん私のことを買ってくださるんですね」

私は黒いドレスをジェラールの手から引き取ると、机の上に広げた。

私のサイズで作られたというドレスは、こちらの平均的な女性からすればずいぶん小さく、そして明らかに女性らしいラインに欠けている。

こうやって客観的に見てしまうと、自分が小柄で貧相な体つきで、しかも無力な女に過ぎないのだという現実を、容赦なく突きつけられているようだ。

「ここだけの話ですが、仕事で自分の価値を認めてもらえるのはとても嬉《うれ》しいんです。……あの人にはそういった武器が一切通用しないから」

「ミキにそんな顔をさせるんだ。よほどの男なんだろうね」

私の沈黙を肯定と受け取ったのか、ジェラールは笑いながら首を振った。

「はは、仕方ない。これだけ完璧にふられては、今は引くしかないようだ」

「ジェラール、私は」

「おおっと、ミキ、駄目だよ。これ以上なにか言われては、私が立ち直れなくなってしまう。それにわかっているだろう？　大事なのは明日のお披露目をどうやって成功させるか、だ」

茶目っ気たっぷりに片目を瞑《つぶ》るジェラールに、空気が変わったことを感じる。

この人は機を見るに敏とでもいうのか、本当の意味で聡《さと》い人だと思う。他人の機微を感じる力に優れているからこそ、商売もこれだけ成功しているのだろう。

だからこそ、狡《ずる》い人だとも思ってしまう。

そしてその優しさに甘えて胡座《あぐら》をかいている私も、計算高くて、姑息《こそく》で、狡いんだろう。きっと。

「ではミキ、本題に移ろうか」

「はい」

トーンが変わったジェラールの声に、私は背筋を伸ばした。

「アレクサンドラ女王陛下は、このたび正式にシェラルディレースをエルフの国の特産品として認定された。そしてこのリトルブラックドレスに関しては、我がシャルロッテ商会に独占権を与えるとの仰せだ」

「それはおめでとうございます！　ずいぶん長くかかりましたね。エルフは保守的というか……やはり気が長いんでしょうか」

「それもあるだろうが、国の特産品にするには他種族の女性向けの下着という点がネックだったようだ。国として大手を振って下着を売るのは、エルフとしての矜持《きょうじ》が許さなかったというところだろうね。その点リトルブラックドレスは、その主旨もいたく女王陛下のお気に召したらしい」

「なるほど。……ですがその件と私が、どう関係するんですか？」

首を捻る私に、ジェラールは困ったように首を横に振った。

「それがシェラルディレースの扱いに関して、他商会との間でなんというか、その……認識に齟齬《そご》が生じていてね。ちょっと困ったことになっているんだ」

ジェラール曰《いわ》く、シェラルディレースの入札やり直しを求める陳情が、最近シェラルディに届いたらしい。シャルロッテ商会とリシウス商会だけが、これだけの品を独占するのはおかしい、と。

「陳情だなんて、穏やかではないですね」

「このタイミングで私がリトルブラックドレスを発表すると、どんな妨害に遭うかわからない。だからミキには是非とも、我々の間に入って調整役を引き受けてもらいたいんだ」

保護院で黒いレースの下着を発表した当時、私はシェラルディと取り引きするすべての商店、全九店に等しく入札の告示を行った。だが実際に入札に参加したのは、ウルリッツ商会、リシウス商会、そしてシャルロッテ商会のわずか三店のみだった。

入札が奮わなかった原因は色々あるだろう。保護院にいる女の手仕事に魅力を感じなかったのもあるだろうし、その場を仕切っていたのが得体の知れない私だったせいもあるかもしれない。けれど最大の理由は、やはり女性の下着を売ることへの忌避感だったように思う。

だからこそ、あの時入札を辞退した商店は、昨今のシェラルディレースを使った下着の大流行を見て臍《ほぞ》を噛《か》んでいるだろう。そして、次なる商品にはなんとしてでも関わりたいと思っているに違いない。

「確かに、リトルブラックドレスも保護院の女性が考えたと、そう解釈されかねませんね」

「その通りなんだ。女王陛下は以前から人間の商売はわからないと、私に丸投げ……もとい、お任せいただくことが多かったんだ。だが、そうすると今度はやれ袖の下だのとうるさくてね。私としても痛くもない腹を探られる現状に、ほとほと手を焼いていたんだ」

「そうなんですか」

「今回ミキに届いた手紙はね、実はこのシェラルディレースの件だったんだ。女王陛下は、今後シェラルディレースに関わる件を代理人に一任するつもりだ。そして、その代理人をミキ、君に指名したいと仰ってる」

「え？　代理人、ですか？　……私が？」

「もちろん、相応の報酬を用意するそうだ」

……私がシェラルディレースの代理人になる。

この世界に来て初めての大仕事に、思わず唾を呑む。いや、日本にいた時だって、こんなに大きな仕事は任されたことはなかった。その責任の大きさとやりがいに不安を感じると同時に、自然と胸が高鳴ってしまう。

「……私にできるでしょうか」

そんな私の様子を見て、ジェラールは目元を優しげに緩めた。

「私はね、これはシェラルディで独自の人脈を築いたミキにしかできない仕事だと、そう思っているよ」

「ジェラール……」

「詳しい内容は、今後の協議が必要になるだろう。だからこそ、明日の懇親会はなんとしても成功させたい。リトルブラックドレスは我がシャルロッテ商会が主導で開発した、独自の商品なのだと、世間に知らしめる必要があるんだ。ミキ、協力してくれるね？」

ジェラールのいつになく力のこもった眼差しに、私も大きく頷いてみせた。

「そうですね。明日はなんとしても成功させましょう」

＊　　　＊　　　＊

早朝から始まったジェラールとの打ち合わせは、途中からは店員も加わり白熱したものとなった。なんとか懇親会での目処がついた頃には、窓の外はすっかり日が傾いていた。

「ではミキ、明日は頼んだよ」

「ええ。こちらこそ、明日はよろしくお願いします」

私は外まで見送ってくれたジェラールに暇を告げ、シャルロッテ商会の外に出た。

カイスには店で待っていろと言われたけれど、あんなふうに見送られては今更引き返すこともできない。近くの店でも見てようかと、私は黄昏《たそがれ》に染まっていく王都の目抜き通りに足を踏み出した。

今くらいがちょうど仕事の終わる時間なのだろうか。メインストリートの雑踏には、いかにも仕事帰りだといった様子の人が多い。

どこかへ繰り出すのか、足取りも軽く肩を組み合う男性たち。足早に歩く大きな買い物袋を抱えた人は、これから家族が待つ家に帰るのだろうか。そんな夕方の光景に、ふと日本での記憶が重なった。

日本で働いていた時は、大きな組織の歯車の一つでしかなかった。そんな私が、シェラルディという国の代理人として、シェラルディレースの交渉の場に立つ。

日本で、いやこの世界でだって普通に働いていたら考えられない規模のプロジェクトの大役を任されたことに、思わず武者震いする。

きっと悠久の時を生きるエルフたちにとって、シェラルディレースなど些事《さじ》に過ぎないのだろう。そもそも商売をする必要すらないのだ。商人たちからの陳情にうんざりしている様子が目に浮かぶ。

ジェラールの口ぶりからすると、恐らく女王陛下をはじめとするエルフたちは、レースの発案者に面倒なことは押し付けようと、それくらい軽い気持ちで私の名前を出したのかもしれない。

私の個人的な経験則ではあるけれど、最初に提案した人間がそのプロジェクトの責任者にされるのはよくある話だ。

けれど、これは私にとって、とてつもなく大きなチャンスだ。

不安と興奮が入り交じる複雑な感情が込み上げ、私は思わず自分の腕を摩る。

どうしよう。すごく嬉しい。なんとしてもこの仕事を受けたい。

でも、そのためにはまずは明日の懇親会を成功させることが先決だ。恐らくこの懇親会は、一種の試金石に違いない。それに、ジェラールの話だけで決められることでもない。アレクサンドラ女王から話を聞いて、双方が納得する形で代理人の契約を結ばないと。そうだ、シェラルディに行くなら、カイスの了承を得てからでないと……。

立ち止まってそんなことを考えていた私は、賑やかな雑踏の中に見慣れた茶色い髪を見つけた気がして顔を上げた。

そして高揚した気分のまま大声で名前を呼ぼうとして——そのままの姿勢で固まった。

年の頃は五、六歳だろうか。鮮やかな赤毛の男の子が、真っ直ぐカイスの胸に飛び込んでいく。

それを危なげなく受け止めたカイスは、子供の頭をくしゃりと乱暴に撫《な》でた。

そんな二人を優しい眼差しで見つめるのは母親なのか、子供と同じ髪を持つ妖艶な美女だ。

やがてカイスがじゃれつく子供を抱き上げると、女性と並んで歩き始める。その後ろ姿は、仲睦まじい家族そのものに見えた。

『……久しぶりの古巣だしな。暇つぶしに知り合いの面でも拝んでくるさ』

不意に、そう告げた時のカイスの顔が浮かぶ。

今考えると、あの時のカイスはどこか遠くを見つめるような、まるでなにかを懐かしむような優しい眼差しをしていた。

思えば、私はいつも自分のことばかり考えていた。

日本に帰りたいから線を引こうとか、これ以上深入りしないように気を付けようとか、自分本位なことばかりで、相手の――カイスの気持ちを考えたことはあっただろうか。だから、こんな単純なことを失念していたのかもしれない。

私に過去があるように、カイスにも過去がある。

私がカイスに語っていないことがあるように、カイスもまた、私に語っていないことがあって当然なのだ。

ねえカイス。あなたが古巣である王都で久しぶりに顔を見たかったのは、その女性？

それとも、その子供だったの……？


「……おい、おい、起きろ」

「ん……カイ、ス……？」

私は肩を揺さぶる強い振動に目を開けた
あのあとすぐに宿に戻った私は、ほんの少しだけ休もうとベッドに横になったつもりだったのに、どうやらそのまま眠ってしまっていたらしい。

いつの間に帰ってきたのか、気が付けばものすごい形相をしたカイスが上から覗《のぞ》き込んでいた。

「シャルロッテ商会で待ってろと言ったよな。どうして一人で宿に戻った」

「私……」

重い瞼《まぶた》を持ち上げて見上げた顔には、深い眉間の皺《しわ》が刻まれる。マントを脱いでいないところを見ると、宿に戻ったばかりなのかもしれない。苛立ちを隠そうともしない低い声に、これは本気で怒ってるなあなんて、どこか人ごとのように考える。

「おい、聞いてるのか」

「カイス、私……」

ぼんやりしたまま、いつものようにカイスの首に手を回して起きようとした私は、微かに漂う甘い香りに気が付いて動きを止めた。

なんだろう、この香りは。花のような……これは香水の移り香……？

鼻の奥がツンとするような香りに、先ほどの妖艶な美女が思い浮かぶ。

きっと彼女にはこんな華やかな香りが似合うだろう。それに、彼女ならあのドレスもよく似合うに違いない。地味で貧相な私とは違って……。

「……っ」

込み上げる吐き気に、私は咄嗟《とっさ》に顔を背けて口を覆った。

「どうした。気分が悪いのか？」

「……ごめん。ちょっと疲れちゃったみたい」

重い身体を起こすと、気遣うようにカイスが背中を摩ってくれる。けれどその手の感触すら辛くて、私は身体を強張らせてぎゅっと目を瞑った。

「おい、吐きそうなのか？　大丈夫か？」

「大丈夫。……カイス、さっきは先に帰っちゃってごめんなさい」

「体調が悪いなら仕方ねえ。それより顔色が真っ青だ。横になったほうがいいんじゃねえのか」

「ううん。横になるより、座ってたほうが楽なの」

「じゃあ水でも飲むか？　待ってろ、今持ってくるからよ」

「待って、カイス」

私が腕を摑《つか》むと、振り向いたカイスは気遣わしげに目を細めた。

「どうした？」

「あのね、本当に大丈夫。ちょっと疲れただけよ。ゆっくり休めばよくなると思うから」

「ああ。そうしたほうがいい」

「それで……眠ってしまう前に伝えておきたいことがあるんだ。明日、商業ギルドで開催される懇親会に出席することになったの。その支度に時間がかかるから、明日の朝は早くに宿を出るわね」

「はあ？　お前、その体調で出かけるつもりか？」

「一晩ゆっくり眠れば大丈夫よ。それに、そんなに大きな集まりじゃないみたいだし。シャルロッテ商会から迎えの人も来るし」

「俺は反対だ。旅の疲れもあるんだ。無理しないほうがいい」

怒ったように険しい表情をするカイスに、私はゆっくり首を振った。

「明日はシェラルディレースの新商品をお披露目する予定なの。それにこれはアレクサンドラ女王にも関わることだから、私が行かないと」

「だがよ」

訝《いぶか》しげに目を細めるカイスの唇を、私は人差し指でそっと押さえた。

「だから、カイスにお願いしたいことがあるの。懇親会が終わる頃に、私を迎えに来てくれる？」

「はあ？　俺が会場に？」

「だって……カイスは私の専属護衛なんでしょう？　私になにかあったら助けてくれるって、信じてるから」

「ミキ、お前……」

私を見つめるウィスキー色の双眸《そうぼう》が、戸惑うように揺れていた。

＊　　＊　　＊

翌日、朝早くにシャルロッテ商会にやってきた私は、お店の人に手伝ってもらいながら懇親会の支度をした。

考えてみれば、気合いの入ったメイクはずいぶん久しぶりだ。

いつもより丁寧に肌を整え眉を描き、瞼に色をのせてアイラインを引く。ふわりと頬紅をさし紅を引き、ドレスの邪魔にならないよう、髪も緩くまとめてアップにしてもらった。

そしていよいよドレスに袖を通す。

シェラルディレースを使用したリトルブラックドレス。制作の過程で最大の争点になったのは、レースをどこにどう使用するかだった。

贅沢《ぜいたく》を言ってしまえば、本当は総レースのドレスにしたい。繊細なレースを幾重にも重ねたドレスは、見る者の溜息《ためいき》を誘う素晴らしいものになるだろう。

けれど、現時点で倉庫にストックが大量にあるからといって、レースの生産は手作業だ。早々に限界を迎えることは目に見えている。そして、希少性を持たせることも大事だ。

ではスカートの裾に？　それとも首元を飾る？　手を動かした時に目立つように袖口に？

職人やシャルロッテ商会の担当者と何度も打ち合わせした結果、最終的に採用されたのは背中にレースを使う案だった。

ドレスの形は極めてオーソドックスなAライン。鎖骨が綺麗に見えるラウンドネックにノースリーブのドレスは、正面から見れば奇をてらわない、とてもシンプルなドレスに見える。

ところが一転、後ろ側は、腰骨が見えそうな位置まで大胆に開いた背中を、美しいシェラルディレースが飾る。

さまざまなパターンがある中で選ばれたのは、薔薇《ばら》がモチーフになったレースだ。ダンスをしたり抱きしめられたりした時に、背中の花が目立つように。そしてドレスを纏った女性が、パートナーの腕の中で大輪の花となるように――。

「ジェラール、どこかおかしいところはありませんか？」

何度も試着はしていたけれど、きちんとメイクをしてドレスを着るのは初めてだ。この世界にきてからはおざなりなメイクしかしていなかった身としては、なんだか妙に面映ゆい。

照れを隠すようにそう尋ねると、腕を組みまじまじと見ていたジェラールは、たっぷり間を置いてから大きく頷いた。

「……なんて素晴らしい。ミキ、とても綺麗だ」

「よかった……ありがとうございます」

審美眼のあるジェラールに褒められたのだ。及第点を貰《もら》えたと考えてもいいかもしれない。思わず安堵《あんど》の笑みが零れた。

「私は黒目黒髪で地味だから……こんな素敵なドレスに負けないか心配だったんです」

「地味だなんてとんでもない！　いやはやまったく想像以上だ。こんな素敵な女性をエスコートできる私は幸運だね」

にこやかに微笑むジェラールは、細身の白のスラックスに立て襟のシャツを合わせ、その上に同じく白いロングジレのような上着を羽織っている。

隣に並ぶ黒いドレスの私が引き立つようにあえて目立つ白にしたとのことだけど、凝った織りの生地が全体的に落ち着いた雰囲気を醸しだしている。なにより白を嫌味なく着こなせてしまうのは、さすがの貫禄《かんろく》だと思う。

「ジェラールもとても素敵です。まるでどこかの王子様がお忍びで来てるみたいですよ？」

「はは、私が王子様とは光栄だ。だが、どちらかというと、今日の私はミキを守る騎士のつもりだよ」

そう言って茶目っ気たっぷりに片目を瞑ったジェラールは、すっと手を差し出した。

「では、行こうか。今日の懇親会でよき出会いがあることを祈ろう」

「ええ。よき出会いを」

私は背筋を伸ばすと、差し伸べられたジェラールの手に自分の手を重ねた。


ここコルネリアにある商業ギルドは、世界でも有数の規模を誇る。

巨大な五階建ての建物は部門ごとにフロアが分かれ、二十四時間絶え間なく人が出入りする様子は、さながら不夜城のようだと思う。

そんなギルドの大ホールを貸し切り定期的に開催される懇親会は、元々はギルドに貢献度の高い商人の慰労と親睦を深める目的で始まったのだそうだ。

それが回を重ねるごとに規模は拡大し、今やこの親睦会に参加できるのは成功した商人の証であり、同時にその参加者から特別顧客として懇親会に招待されることは、コルネリア社交界において憧れのステータスになっているのだと聞く。

その会場に足を踏み入れた私は、思わず息を呑んだ。

華やかな会場には整然とテーブルが並び、その上には参加者である商会が推す自慢の品が所狭しと並ぶ。

宝飾や服飾関連の品が多い中、魔道具や魔物の素材、武器や防具なんて物が混ざる様子がいかにも異世界らしい。

それぞれのテーブルにいるのは、その店の担当者だろう。熱心に客と話し込む様子は、私の感覚では懇親会というよりはむしろ展示会や見本市に近いかもしれない。

そんな中で、シャルロッテ商会のテーブルは明らかに周囲と一線を画していた。

大きなテーブルの中央にあるトルソーが纏うのは、リトルブラックドレスただ一着。首元を大粒の真珠のネックレスが飾り、足元にはドレスに合わせた黒い靴とバッグが置かれ、その周りを深紅の薔薇が配される。

日本のショーウィンドウを意識したディスプレイのテーマは、「麗しの女王に捧《ささ》げるドレス」だ。

昨日、私たちはいかに効率よくかつ効果的にドレスをお披露目するか、論議を重ねた。

その中で私が提案した一つが「ミューズ」の起用である。

ミューズ。ギリシャ神話における芸術を司る女神たちを元とするこの言葉は、ファッションの世界においてはデザイナーに多大な影響を与えた女性を指す。

かつてオードリー・ヘップバーンがジバンシーのミューズであり、カトリーヌ・ドヌーブがサンローランのミューズだったように、私はシェラルディレースに相応しい「ミューズ」として、アレクサンドラ女王を挙げたのだ。

映画はもちろん、ラジオやテレビのないこの世界において、モデルや女優といった職業は成立しない。広義な意味では歌姫や旅芸座の芸人といった存在が近いかもしれないけれど、彼女たちの影響力はよくて数カ国どまり。全世界の誰もが知っている女性は、そういるものではない。

そんな中で例外ともいえる存在が、「悠久の時を生きるエルフの美しい女王」、アレクサンドラである。

永遠に美しいエルフの女王。孤高にして気高く、滅多にシェラルディから出ることのない秘匿された存在……。齢五百歳を超える彼女をモチーフとした伝承やお伽噺《とぎばなし》も多く、この世界で彼女を知らないのは赤子くらいなものだろう。

そんな伝説のような存在に捧げるドレス――リトルブラックドレス。

彼女に憧れ同じドレスを身に付けたいと願う女性は、少なからずいるに違いない。

そしてもう一つ私が提案したのは、高さを意識したドレスの展示方法だ。

いかにして商品に注目を集めるか。それは日本だろうと異世界だろうと関係なく、売り場の担当者が頭を悩ませる共通の悩みに違いない。

ここが日本であれば、プロジェクターを使用したりＬＥＤで効果的に光を当てたりと、立体的かつ視覚的にアピールする方法を採っただろう。けれどここは異世界。そんな便利な道具は存在しない。

ではいかにして注目を集めるのか。私の考えた方法はいたってシンプルだ。ようは会場に入った時に、真っ先に目に入ればいい。それには会場内で一番高い飾り付けにすればいいのだ。

当初、ジェラールはこの案に難色を示した。

『待ってくれ、ミキ。それではいらしたお客様がドレスに触れないどころか、近くで見ることもできないじゃないか。いくら目立ったところで、肝心の商品に触れなければ意味がない』

通常ドレスなどの洋服は、トルソーやハンガーラックで展示する。実物を直接手に取って確かめられるというのも、大きなアピールポイントであることは間違いない。

『そうですね、私もジェラールの仰る通りだと思います。ですが、こう考えてみてはいかがでしょう。ドレスをもっと近くで見たい、触れたいというお客様の心理を、あえて利用するのだと』

『利用する？　どういう意味だい？』

『リトルブラックドレスは、アレクサンドラ女王に捧げるドレス。簡単に触れられないことで、商品への期待と希少価値を高めるのです』

それから私はジェラールにこう説明した。

シャルロッテ商会のテーブルでドレスを見て興味をもった相手は、もっと近くで見たいと思うだろう。そこで登場するのが実際にリトルブラックドレスを着た私だ。

つまり、私が動くマネキンになって会場を歩き回ることで、注目を集めるのだ――。

＊　＊　＊

「ミキ、疲れてないかい？」

「ええ。皆さん親切なかたばかりですから、とても楽しんでます」

「ずいぶんと声をかけられたね。おかげで喉が渇いてしまったよ。少し休憩しようか」

「ええ」

ドレスに集まる羨望に好奇心に満ちた視線。アレクサンドラ女王への賞賛に、同業者からのあからさまな値踏みと探り合い……。

今日だけで一体何人と会話しただろう。さまざまな思惑が複雑に絡み合う攻防戦を繰り広げ、一通り会場を回った私たちは、シャルロッテ商会のテーブルへと戻ってきた。

「ジェラール会長、ミキさん、お疲れさまです。よかったらこちらをどうぞ」

顔馴染《かおなじ》みになった店員にお礼を言ってグラスを手に取ると、ふわりと甘く爽やかな果実の香りが鼻をくすぐる。ペリドットというよりグリーンアンバーに近い柔らかな黄緑色の液体は、疲れを癒やすような優しい甘さだった。

「美味しい……これはなんのお酒ですか？」

「これはトロカデロの果実酒かな。あの村は昔から果実酒が有名でね。流通量は少ないんだが、女性には大変人気があるんだよ」

「トロカデロって、確か王都から北にある小さな村ですよね」

「ああ。季節によって造る酒が違うそうだ。他のお酒も試してみるかい？」

「そういえば私、今日は立食スタイルのパーティーだと聞いた覚えがあるんですが」

チラリと隣を見上げると、ジェラールはにっこり笑って壁際にあるテーブルの一群を指した。

「あーほら、向こうにある食品のテーブルでは試食ができる。立食スタイルだろう？」

「確か、小さな集まりとも仰ってましたよね？」

「それは……王家主催の集まりに比べれば、規模は小さいからね」

「まったく、ジェラールは策士ですね。これでは怒れません」

ニコニコと笑うジェラールにつられるように苦笑すると、どっとテーブルに笑いが広がった。

「策士だなんて嬉しい評価だな。商売人にとっては褒め言葉にしかならないよ」

「あら、褒めてるんですよ。さすがだと思って……」

その時、不意に強い力で腰が摑まれた。

「え？」

抵抗する間もなくそのまま後ろに引き寄せられた私は、気が付くと覚えのある逞《たくま》しい腕の中に収まっていた。

「――迎えに来たぞ」

少し擦れた、まるで怒ってるような低い声。背中に当たる逞しい胸の感触に、振り向くまでもなくこの腕の持ち主がわかってしまう。

私は後ろを見上げ、カイスに微笑んだ。

「カイス、迎えに来てくれたの？」

「ああ」

感情を取り繕わない表情に、ぶっきらぼうな物言い。いかにも冒険者といった黒ずくめの装備に、洗練されたエスコートからは程遠い、まるで周囲を威圧するような態度。

……こんな華やかな会場の中ではさぞ浮いて見えるだろうけど、そのふてぶてしさが私には頼もしく思えるんだから不思議よね。

思わず口の端が緩みそうになるのを堪えて、私は真面目な顔でカイスを振り返った。

「ありがとう。もう少しで終わるから待っててもらえる？」

「……顔色が悪いな。身体もずいぶん冷えてる。こんな薄着で寒いんじゃねえのか？」

「え？　そんなことないけど」

冷えてると言われても、熱気がこもる会場はむしろ暑いくらいだ。首を傾げる私に、カイスの目が針のようにすっと細くなった。

「おい、支度しろ。とっとと帰るぞ」

「待って、そんな急に帰るわけには……」

「うるせえ。おい、ミキは連れて帰るぞ。いいな」

子供のように手を引かれて慌てる様子が面白かったのか、ジェラールがなにかを誤魔化すようにわざとらしく咳払《せきばら》いした。

「ああ。もちろんだ。ミキ、今日はもう大丈夫だ。朝早くから手伝ってもらって悪かったね。帰ってゆっくりするといい」

「でもジェラール、皆さんにまだ挨拶が」

「おら行くぞ」

「え？　ちょ、ちょっとカイス！　ごめんなさい、また後日改めて伺いますから」

強引に会場から連れ出された私がかろうじて出口で後ろを振り返ると、遠くでジェラールが意味ありげに片目を瞑ったように見えた。


宿の部屋に戻った途端、カイスはいきなり私を壁に押し付けた。

「……気に入らねえ」

「カイスどうし……んっ」

灯りもつけずに突然始まったキスは、いつもよりだいぶ荒々しい。獣が餌を貪るように口の中を蹂躙《じゅうりん》されて、つられるように体温が上がっていく。

私は熱い吐息を零しながら太い首に手を回した。

「ね、待って。どうしたの？　もっと……優しく、して……？」

口の中で暴れ回る舌を捕まえて、嗜《たしな》めるようにやわやわと歯を当てる。自分からも舌を絡めて強く吸うと、お腹に当たる熱の塊がぴくりと反応した。

「……こいつが邪魔だな」

ドレスに合わせた豪奢《ごうしゃ》なケープが脱がされて、仰け反った私の喉をカイスが食む。

生ぬるくねっとりとした舌が首筋から這《は》い上がり、結った髪を掻《か》き分けて私の耳をしゃぶった。

「なあ、一体何人の男がこの姿を見た？」

「そんな、何人って……あっ」

「じゃあお前に触れたのは？」

「触れたって……ンッ、なんの、こと」

一際大きく水音をたてながら耳の中に舌が侵入して、ビクビクと身体が震える。逸らそうとした顔が大きな手で摑まれて、上を向かされた。

「わかんねえのか？　あのジェラールとかいう奴がお前を触ってたじゃねえか」

「だって、あれはエスコートで……あっ」

ギラギラと欲に塗れた瞳が、睨《にら》むように上から覗き込む。

ドレスの形を確かめるみたいに指が移動して、デコルテを丹念になぞる。服の上から胸を揉《も》んだところで、唐突に手が止まった。

「おい、今日は下着を着けてねえのか？」

「このドレスだと……下着のラインが見えちゃう、から」

言い終わる前にくるりと後ろを向かされて、露わになった背中に熱い息がかかった。

「ったくよ、無防備に背中を晒《さら》しやがって」

「んっ……」

無骨な太い指が執拗《しつよう》に背中を這う。繊細なレースの糸を一本一本辿《たど》るような指の動きに、私は堪らず壁に縋《すが》り付いた。

「カイス、それ、だめ……やっ、ぁ、くすぐったい……んっ」

「……悔しいが、すげえ綺麗だ。ミキ……」

耳の中に舌を入れながら煽《あお》るように囁《ささや》かれ、熱い唇が露わになったうなじから首筋を辿る。

「特にこの背中が最高だな。……俺の手で乱してやりてえと思ってたんだ」

いつの間にかドレスの中に侵入した手が、胸の頂を見つけて弄ぶ。くにくにと飾りを摘まむ不埒《ふらち》な指の動きにお腹の奥が疼《うず》いて、まだ触れられていない秘所がトロリと潤むのがわかった。

「あっ、カイ、ス、だめ、それ以上はドレスが汚れちゃう……ああっ」

下着をずらして侵入した太い指が、蜜口を確かめるように掻き回す。間を置かず指がもっと太いモノに変わり、ぬかるむ隘路《あいろ》に侵入した。

「あ、あああああっ」

みちみちと押し入るように入ってくる剛直の凄まじい圧迫感に、私は身体を震わせ壁に縋り付く。カイスは私を最奥まで貫くと、後ろから覆い被さるように抱きしめた。

「……すまん。我慢できねえ。さすがにキツイな。痛いか？」

「あ……だい、じょうぶ、だけど」

「だけどなんだ？」

「カイスの……いつもより、大きい、の」

熱く太い楔《くさび》で穿《うが》たれて、私は動くことすらできない。痛みとは違う感覚に全身が支配されて、ひたすら壁に縋り付く。

「……チッ」

「あ、やあんっ」

鋭く舌打ちしたカイスは中を解すように、ゆっくり腰を動かし始めた。

灼熱《しゃくねつ》の杭《くい》がゆっくり奥まで穿たれて、今度はゆっくり引き抜かれる。振動に合わせて揺れる胸の頂が摘まれて、クリクリと指で捏《こ》ねられる。

まるで焦らされてるようなもどかしい快感に首を振ると、カイスの気遣うような声が聞こえた。

「痛いのか？」

「ちがっ……ん、」

「どうした。どうしてほしいんだ？」

「違うの、もっと……もっと、ちゃんと、動いてほしくて……」

「クソッ、煽りやがって……もう手加減しねえからな」

「や、ああああっ」

カイスは私の腰を掴むと、一気に雄を奥まで突き立てた。

容赦なく穿たれる熱の塊が、私の中の感じる場所を擦り上げながら奥の壁を穿つ。

ぐちゅぐちゅと響き始めた水音に、私は堪らず嬌声《きょうせい》を上げた。

「あっ、あ、やだ、急に、激しいの……っ」

ゴリゴリと押し付けられる灼熱の杭が、私の身体を奥まで貫く。熱くて硬い昂《たかぶ》りが感じるところを全部擦り上げて、なにかが出てしまいそうな快感に私は首を振る。

後ろからの強い突き上げで不安定な身体が揺さぶられ、壁に縋って離れないように力を入れると、カイスがグッと息を詰めたのがわかった。

「んなに、締める、な……ッ」

「だって、だって、もう、イっちゃう、イっちゃうの……っ」

更に太さと速度を増した剛直が、私の中で一段と膨らむのがわかる。最奥の壁を抉《えぐ》るように押し付けられた次の瞬間、私の視界も真っ白に弾けた。

「くっ……出す、ぞ」

「あ……あ、あああぁぁぁぁぁぁぁっ」

「……グッ」

息が詰まるほど強く私を抱きしめながら、カイスは中に熱い種を撒《ま》く。

ドクドクと幾度も吐き出される欲の証が胎内を満たし、やがて秘所から溢《あふ》れて太腿《ふともも》を伝って落ちていくのがわかった。


その後、カイスはずるずると崩れ落ちる私を抱き上げると、ご機嫌でドレスを脱がし、お風呂に入れてくれた。そしてせっかくのドレス姿だったのにとむくれていた私は、甲斐《かい》甲斐《がい》しくお世話されるうちにうとうとしていたらしい。

ふっと温かいものに包まれる感触に目を開けると、カイスの胸が目に入る。

すぐ近くでギシリと軋む音が聞こえて、自分がベッドの中にいるのがわかった。

「起きたのか？」

「……ん、私、寝てた……？」

起き上がろうとした身体が大きな手で優しく押さえられて、私は再びシーツに頭を預けた。

「ほんの少しの間だけだ。さっきは無理をさせたからな。どこか痛いところはねえか？」

「大丈夫。……すごく、気持ちよかったから……」

喉の奥を鳴らすような笑い声が聞こえて、空気が揺れる。私は力を抜き、甘えて逞しい胸に頬を擦り寄せた。

この世界に来てからというもの、いつも漠然とした不安があった。

最初の数年は、日本に戻れるのか、それが不安だった。

だからシェラルディを出てからというもの、私は商人という仕事を隠れ蓑《みの》に街を回り、元の世界に帰る方法をがむしゃらに探し続けた。

それが変わったのはいつからだろう。

一向に見つからない日本に帰る手がかりに、少しずつ自分の中のなにかがすり減っていくのを感じていた。

もう諦めるべきだ。この世界に根を下ろし、これからの未来を考えるべきだ。

頭ではそうわかっていても、簡単に割り切れるものではない。なにもかもが面倒になって、いっそのことすべてを投げ出してしまえたらと何度考えただろう。

そんな中で移り住んだブリスタで、私は踊る熊亭の一家と出会った。

気風がよく面倒見のいいサマンサと、大きな身体に似合わず人見知りな亭主のモートン、そして一人息子のロルフ。

彼らを見ているうちに、私は自然と癒やされていたのかもしれない。こんな家族がいいなと、こんな家庭を私も誰かと築けたらと、素直にそう思えた。

けれど、今度は別の不安が付きまとうようになった。

異なる世界からきた私は、果たしてこの世界の人間と同じ「人間」なのだろうか。

外見は変わらなくても、身体の中まではわからない。臓器や細胞、それこそ遺伝子レベルで判断したら、私はこの世界の人間とは違う生き物なのではないだろうか。この世界の薬が効きにくいのも、魔法が使えるのも、そのせいだとしたら……？

そして訪れたバルデラードの街で、私はカイスと出会った。

人相も口も悪かったのに、なぜか惹《ひ》かれるものがあって、私はカイスと身体を重ねた。

一夜限りの関係だったはずなのに、その決心を変えたのは、カイスの不器用な優しさに触れたから。だからわがままを言って護衛を頼み、一緒にブリスタの街へ――。

同じ宿で暮らすようになって、私は慎重に距離を縮めていった。

新しい発見があるたびに、どんどんカイスを好きになっていくのが自分でも止められなかった。

日本に帰ることを完全に諦めたのは、恐らくその辺りだと思う。気が付いた時には、私はカイスとの未来を考えるようになっていたから。

シェラルディから王都に行くようにと手紙が届いた時は、カイスが一緒にきてくれなかったらどうしようと、とても不安だった。

だから当然のようにカイスが王都に同行すると言ってくれた時は、嬉しくて泣きそうになったのを覚えている。

決定的に私たちの関係が変わったのは、カクコクルセイズの街だ。あの夜、私がすべてを受け入れたことで、明らかにカイスは変わった。

どこへ行くにも先回りをして手を差し伸べ、背嚢《はいのう》すら持たせない過保護ぶり。

触れる手が以前よりずっと優しく、まるで壊れ物を扱うように慎重になったのは、きっと私の気のせいではないだろう。

だからこそ、カイスにはきちんと伝えるべきだ。

——私が異なる世界から来た人間だということを。


トクトクと聞こえる規則正しい心臓の音を聞きながら、私は意を決して口を開いた。

「……カイス、私ね、話しておきたいことがあるの」

「ああ？　なんだ？」

「カイスは……異なる世界が存在すると思う？」

「異なる世界だ？」

それから私はカイスにすべてを打ち明けた。

五年前、私は別の世界から突然この世界に落ちてきたこと。

保護されたシェラルディ保護院で、この世界と魔法の知識を得たこと。

元の世界に帰る手がかりを探し、色々な場所を旅していたこと……。

「……そんで？」

「それで……って、私が別の世界から来たって信じてくれるの？」

いつもとまったく変わらない口調に驚いてカイスの顔を見上げると、逆にカイスが驚いたように眉を持ち上げた。

「異なる世界だなんて初めて聞くが、言われてみりゃあ納得することも多い。それにミキが俺に嘘《うそ》をついたことはねえしな」

「嘘なんて言わないけど……。私のこと、得体の知れない奴だって思わない？」

「はあ？」

「だって、外見は同じ人間に見えるかもしれないけど、私は魔法が使えるのよ？　そんなのおかしいって、気味が悪くない？」

　その途端、カイスは今まで見たことのないくらい顔を顰《しか》めた。

「じゃあ逆に聞くがよ、俺はスラム生まれで親の素性もろくに知らねえ人間だ。それこそ父親がどこのどいつなのか、人間だったのか亜人だったのかもわからねえ。そんな俺は気持ち悪いか？」

「まさかそんなこと思わないけど、でも私は……」

　言葉に詰まる私に、カイスは呆《あき》れたように息を吐いた。

「俺はミキはどこかの貴族の隠し子だろうと踏んでたんだ。よくあるお家騒動ってやつで、シェラルディに逃げたんじゃねえかとよ」

「お家騒動って、まさかそんな」

「事と次第によってはお前の邪魔をする奴の一人や二人、消してやるのもやぶさかじゃねえと思ってたんだがな」

　ニヒルな笑みを浮かべどこか楽しげに不穏なことを呟《つぶや》く様子は、到底冗談を言っているようには見えない。思わず目を丸くしていると、カイスは急に顔を近づけた。

「……そんで？　ほかにもなにか隠してることがあるんじゃねえのか？」

「隠してることって？」

「昨日はなにがあった。明らかに様子がおかしかっただろう」

「あ、あれは、その」

「ああ？　俺に言いたいことがあるならさっさと白状しろ」

口調は怒ってるみたいに乱暴なのに、本当は心配で堪らないのだと、ウィスキー色の瞳が訴える。

ああもう。故郷を遠く離れた異世界で暮らす女は、こういうのは駄目なんだ。だからあなたに惚《ほ》れたんだと、声を大にして言いたくなる。

私はカイスの腕の中で深く息を吐いて目を瞑り、こめかみを強く指で押さえた。

「昨日……ね、カイスが綺麗な女性と一緒にいるのを見たの。小さな子供も一緒だったから、それで……」

私の言葉に、カイスは鋭く舌打ちした。

「あのクソ生意気なガキか。なんだ見てたのか。人の足を思いきり殴りやがってよ。ガキじゃなければやり返してたところだ」

「生意気って、どういうこと？」

「どうもこうもねえよ。あいつらとは偶然会っただけだ」

カイス曰く、昨日の女性は昔の知り合いらしい。そもそも昨日は冒険者ギルドの知人に会いにいっていたのであって、彼女と会ったのは本当に偶然だったのだそうだ。

「ギルドから出たところで声をかけられたんだ。あの女と話してたら、いきなりガキが殴ってきやがってよ。おおかた俺の人相が悪いからよ、母親が虐められてると勘違いしたんだろうよ」

「そう……なの？　でも、その……すごく親しそうに見えたけど」

「こっちはいい迷惑だ」

昨日のことを思い出しているのか忌々しげに眉根を寄せるカイスに、私はなんだか拍子抜けしてほっと息を吐いた。

昔の知り合いという言葉に思うところがないわけではないけれど……そっか。なんだ、勘違いだったんだ。

するとカイスはニヤリと意地悪な笑みを浮かべ、私の頬をくすぐるように撫でた。

「近くにいたなら声をかけりゃあよかったのによ。なあ、なんで先に帰った？」

「なんでって、それは……知り合いに会いに行くって言ってたでしょう？　だからてっきりあの人と会ってたんだと思って。それに、邪魔したら悪いと思ったし」

「なあ、妬いたのか？」

「……」

妬いた？　そりゃあ妬いたわよ。私はあんなに綺麗じゃないし、プロポーションだって自信がない。だから昨日はさんざん悩んで、今日だってカイスに見せつけてやろうと思って、朝からあんなに頑張ったのに。

　黙り込んだ私の顔をわざわざ覗き込もうとするカイスが、なんだか憎たらしい。プイと顔を背けると、カイスはぎゅっと私を抱きしめた。

「ククッ、そうか妬いたのか。ミキが妬くなんて珍しいな」

「もう、知らない」

「いいじゃねえか。俺だってあのすかした野郎に腹が立ったんだ。痛み分けだろうが」

「だから、あれは単なるエスコートだって言ったじゃない」

「エスコートだろうがなんだろうが、気に食わねえもんは気に食わねえ。おい、二度とあの男に身体を触らせんじゃねえぞ」

「触らせるって、言いかた！」

　口では怒っていても、内心はカイスが嫉妬してくれたことが嬉しくて、私もついにやけそうになってしまう。

　そんな情けない顔を見せたくなくてぎゅっと抱きつくと、背中に回った腕に力が入ったのがわかった。

「……なあミキ。お前、今でも元の世界に帰りたいと思ってるのか」

「……ううん。それはもういいの」

　慎重に言葉を選んだ問いかけに、私はカイスの腕の中で小さく頭を振る。

　日本に残してきたものに心残りがないといえば嘘になる。でも、私はそれを呑み込んで生きていくしかない。

　恋も、仕事も、こちらの世界で見つけた。

　いつかはと夢見ていた目標も、ちょっと違う形ではあるけれど叶《かな》っていた。

　だから……もういいのだ。

「私ね、カイスがいてくれれば、それでいいの」

「……そうか」

　逞しい胸板に顔を埋めると、大きな手が優しく私の髪を梳《す》く。私は滲《にじ》む視界に気付かれないようそっと目を閉じた。

　きっと、私たちはこれからも些細な喧嘩《けんか》を繰り返すだろう。

　生まれ育った環境や性差による価値観の違いは大きい。体力の差もある。この先は色々な困難が待っているに違いない。

　でも、カイスと一緒ならきっと大丈夫。そう思える相手と出会えたことが、こんなにも嬉しい。

「どうした？　眠いのか？」

「ううん、違うの。でも……このままでいさせて」

「ああ。今日は疲れたろう。ゆっくり休め」

「うん……カイス、大好き」

「……ああ。俺もだ」

第九章　ぬるいエールを魔法で冷やして

「ミキさん、大変なんです！　とにかく一緒に来てください！」

シャルロッテ商会からひどく慌てた様子の使いがやってきたのは、その翌朝のことだった。

取るものもとりあえず店までやってきた私は、目の前に広がる光景にポカンと口を開けた。

黒山の人だかりとはまさにこのことだろう。外から見てわかるほどに店内は大勢の客がひしめき合い、そのうえ外まで溢《あふ》れた客や乗り付けたのだろう馬車が車道に連なっている。

「これは……なにが起こってるの？」

「それが、リトルブラックドレス目当てのお客様で、朝からずっとこんな感じなんです。このままでは騒動になるから、会長がミキさんを呼べと」

「ジェラールはどうしたの？」

「会長は応接室で来客の対応中です。我々だけでは手が足りない状況で困っているんです」

「わかったわ。とりあえず買い物にいらっしゃったお客様と、ドレスを見にいらっしゃったお客様をわけましょう。外にいるお客様は、通行の邪魔にならないように並んでもらってください。それからドレスの見学には制限時間を設けて……」

アレクサンドラ女王の影響なのか、はたまたシャルロッテ商会の営業力なのか。驚くことに「麗しの女王に捧《ささ》げるドレス」の噂《うわさ》は、一晩にして王都に広まったらしい。ドレスの注文にやってきた客に、話題のドレスを一目見ようと詰めかけた見物客、そして動向を探ろうとやってきた同業者たちまで。

多種多様な客が連日店に押しかけた結果、この騒動が落ち着くまでに一ヶ月もの時間を要し、シャルロッテ商会は創業以来一番の売り上げを叩《たた》き出したのだった。

――それから数日後。

それは初めてやってきた酒場でのこと。重い扉を開けた途端に、騒がしかった店内が水を打ったように静まり返った。

余所者の洗礼とばかりの不躾《ぶしつけ》な視線に思わず足を止めると、庇《かば》うようにカイスが私の前に立った。

「おい、席はあるか」

「もちろんさ。好きなところに座りな」

「ミキ、カウンターでいいか？」

「ええ」

店員にエールを頼み、私たちはほかに客のいないカウンターに腰を下ろした。

「カイス、お疲れさま」

「ミキ、疲れてるんじゃねえか？」

「ううん。私は馬車で休ませてもらったから大丈夫。ずっと寄りかからせてもらってたし。カイスこそ重くなかった？」

「ああ。今朝は早かったからな。無理させたな」

私とカイスはシェラルディに向かう旅路の途中にいる。

長く滞在した王都を発ったのはレースの代理人の件もあるけれど、それ以上に私が注目を浴びてしまったという理由が大きい。

エルフたちとの伝手を求める人が宿にまで押しかけるようになったため、安全を危惧したジェラールが王都を離れることを強く勧めたのだ。

それを聞いたカイスの行動は早かった。

その日のうちに情報を収集して手筈《てはず》を整えたカイスは、翌朝には——つまり今朝のことだけれど、もう王都を発ったのだ。

「おかげでだいぶ距離を稼げたな。次の街はカトライベンだが、馬車が出るのは四の鐘だとよ。どうする？」

「四の鐘か……。確かここから二時間くらいかかるのよね？　それだと到着するのは微妙な時間になるかしら」

「宿にあぶれることはねえと思うが、今日はこの街に泊まるのもいいかもな。……ずっと座ってたから背中が凝ってるんじゃねえか？　たっぷり揉《も》んでやるぞ」

「もう！」

急に色を滲《にじ》ませた声にきゅっと鼻を摘まむと、カイスは喉の奥を鳴らして笑った。

薄暗い照明に、酒と煙草の匂いがこもる酒場独特の空気。

使い込まれた分厚い木のカウンターに並ぶのは、曇った酒瓶とエールのグラス。

そして隣に座るのは鋭い三白眼の……相変わらず人相の悪いカイス。

出会った時よりだいぶ印象が柔らかくなったけれど、それは前髪が伸びて眉間の皺《しわ》が隠れるようになったからかも、なんて失礼なことを考える。

「ふ……ふふふ」

「どうした？」

「ううん、初めて会った時のことを思い出して。こことちょっと雰囲気が似てると思わない？」

「ああ？　……そうかもな」

出会ったのは夏の終わりだった。夜になっても熱気がこもり、だからこそ冷たいエールが飲みたくなったのを覚えている。

——あの日、私があの酒場を訪れなければ。

喧騒《けんそう》を避けてカウンターに座らなければ。

魔法でエールを冷やさなければ。

こうしてカイスが私の隣にいることはなかっただろう。

小さな偶然が積み重なって生まれた奇跡のような出会いに、今更だけど、どこかにいるかもしれない神様に感謝したくなる。

「……ねえカイス、ちょっと待って」

運ばれてきたエールに手を添える。やがて冷気を纏《まと》ったグラスが白く濁ったところで魔力を止めると、カイスが嬉《うれ》しそうにグラスを持ち上げた。

「ククッ、相変わらず無駄遣いっつうか、贅沢《ぜいたく》な魔力の使いかただな」

「あら、カイスだって冷たいエールが好きでしょう?」

「確かに、この美味さを知ったらぬるいエールなんて飲めたもんじゃねえよな。……まあ、俺はこっちのほうがもっと好きだがな」

どちらからともなく顔が近づき、唇が重なる。それから顔を見合わせて笑った私たちは、グラスを合わせた。

「――乾杯」

（終）

閑話　三種の神器

「ゴフ、作ってもらいたい物があるんですが」

「あぁ？　そりゃあ構わねえけどよ。お前さん、なんでそんなおっかねえ顔してんだ？」

そもそもの発端は揚げ芋だ。

あれは、ゴフの家で夕飯をご馳走《ちそう》になっていた時のこと。たまたま酒の肴《さかな》はなにが好きかという話になったのだ。

いかにもドワーフが好きそうな、辛いスパイスをまぶしたシュラスコのような肉料理。ちびちびとナイフで削る岩チーズ。ダスクスという魚の肝を生の身と混ぜて作る北の珍味に、幻と呼ばれる魔物の肉……。

美味しそうな料理が次々と出てくる中で私がポテトチップスを挙げたのは、たまたまその時飲んでいたのがエールだったからである。

「ポテトチップス？　なんだいそりゃ」

「芋を油で揚げた料理です。エールによく合うんですけど……そういえばここでは見たことがないかも」

　こちらの世界でいう揚げ芋は、角切りにした芋をカリッと炒《いた》めたものが一般的だ。アメリカの朝食に出てくるホームフライに似ていて、単品で食べるのではなく料理の添え物として扱われているところも同じ、素朴な家庭料理である。

「揚げ芋？　ミキはそんな素朴な料理が好きなのかい？」

　怪訝《けげん》そうに首を傾げるターニャに、私は慌てて否定する。ポテトチップスは芋を薄くスライスしてあるので、いわゆる揚げ芋とは違う。とても美味しいし簡単に作れるから、私の国では人気の料理だった。そうだ、よかったら実際に作ってみましょうか、と。

　別に、本気で作ろうと思って言ったわけではない。だって酒の席だ。すぐに流されるだろう、軽い冗談のつもりだった。

　けれど、それを聞いたカイスとターニャは真顔になった。

　酒を飲んだ私に刃物を触らせるなんて、とんでもない。そんな危ないことは絶対にできない。そもそも私が料理する必要はない。カイスに任せておけばいいのだ。適材適所なんだから、と。

「……そりゃあ、私は不器用だしナイフで怪我をしたこともあるけど、ちょっと悔しいじゃないですか。私だって料理はできるのに」

「はあ、そんなもんか」

「というわけで、私でも使える調理器具を作ってもらいたいんです」

私はゴフの前に用意してきた「三種の神器」の仕様書を広げた。

三種の神器と聞いて、なにを思い浮かべるだろう。

八咫鏡《やたのかがみ》に草薙剣《くさなぎのつるぎ》、八尺瓊勾玉《やさかにのまがたま》なんて言葉がパッと出てくる人は、かなりの物知りだと思う。

白物家電の洗濯機、冷蔵庫、テレビを思い浮かべる人もいるかもしれない。

最近の若い共働き世帯の人なら、食洗機、ドラム式洗濯乾燥機に、ロボット掃除機を間違いなく挙げるだろう。

私がゴフに作ってもらいたい三種の神器は、キッチン鋏《ばさみ》とピーラー、そしてスライサーであり、特に重要なのがキッチン鋏だった。

一人暮らしを始めた時に真っ先に買ったのは、銀色に輝くドイツ製のキッチン鋏だった。

第二次大戦中にドイツで生まれたこの鋏は、世界的に有名なロングセラー商品である。

栓を抜いたり、缶やネジ蓋を開けたりなどといった機能。無駄のない美しいフォルム。

なにより素晴らしいのが、包丁の代わりにもなる優れた切れ味を誇る刃だ。

野菜だってお肉だって、なんでもスパッと切れた。あれさえあれば、私も日本にいた時と同じように料理ができるはず。ピーラーとスライサーは後回しでもいい。けれど、鋏だけはなんとしても入手したい……！

私は重要なプレゼンに臨むように説明する。

「この絵にある中央部のギザギザは、栓抜きとしても使用できます。持ち手の端にある突起は、固い蓋を開けられるようになっていて……そうそう、ここのネジで簡単に分解できれば嬉《うれ》しいですね。衛生的だし、刃の手入れが楽になりますから」

「ほうほう、なるほどな」

食い入るように私の描いた絵を見つめるゴフの顔からはすっかり笑みが消え、真剣そのものだ。

「大事なのは切れ味です。たしか、刃の強度を上げるために独自の処理を施していると聞いたことがあります。ですが、残念ながら詳しくは覚えていなくて」

「いやいや、ここまでわかってりゃあ十分だ。ミキ、こいつは面白いぞ。ぜひとも儂《わし》にやらせてくれ。今までにない画期的な道具になるに違いねえ」

「もちろんです。こちらこそよろしくお願いします！」

玩具を見つけた子供のように目を輝かせるゴフと私は固い握手を交わし、その日は別れた。

そしてその後、諸々の事情で慌ただしく王都を発った私が実際に鋏を手にしたのは、かなり時間が経ってからだった。

完成品の出来は素晴らしく、まさに思い描いていた鋏そのもの。私はゴフに感謝するともに、これで自分も料理ができるのだと、すっかり有頂天になっていたのだけれど——。

この時の私は想像していなかった。

ゴフが作ったこのキッチン鋏が口コミで広がり、なぜか双剣の一種として扱われるようになることを。

女性でも扱える暗器として人気を博し、やがて大陸全土へ広まっていくことを。

そして……鋏があろうとなかろうと、カイスが私に食材を切らせることはないのだということを。

番外編　果実酒

普段なら食事を楽しむ客の声で賑《にぎ》わうはずの夕食時、酒場はピンと張り詰めた空気に包まれている。客が固唾《の》を呑んで見つめるのは、中央のテーブルに山と積まれた茶色い壺《つぼ》と、その傍らに立つ一人の老婆だ。

白髪を複雑に編んだ老婆は、馴《な》れた手付きで壺の蓋を開く。たちまち店内に濃厚な甘い香りがたちこめた。

「……ふむ、色は問題ないね。香りもいい。問題は味だが……」

深い皺《しわ》が刻まれた手が、小さな柄杓《ひしゃく》で慎重に壺から液体を汲《く》み上げる。

顔を近づけ真剣な表情で柄杓の中を検分していた老婆は、ゆったりとした動作で液体を口に含む。と、次の瞬間、ふっと眉間の皺が解けた。

「うん。いいね。これはいい。とてもいい出来だ」

「よし、ばあさんのお墨付きが出たぞ！　今年の新酒もいい出来だ！　さあさ、いっぱい飲んでくれ。乾杯しよう！」

「待ってました！　乾杯だ！」

傍らで待ち構えていた店員が声を張り上げるのに続き、店内のあちこちで威勢よく杯が上がった。

険しい山の山麓にある村、トロカデロ。

なんでもこの村では年に一度、前年に漬けた果実酒を新酒として振る舞う「開封の儀」というものがあるらしい。

そんな噂《うわさ》を聞きつけた私たちは、滞在していたクレーデルの街から足を伸ばし、深い山《やま》間《あい》にあるこの村へとやってきていた。

「じゃあ、乾杯」

「おう」

甘い甘いアプリコのお酒。

仕込んで一年。封印を解かれたばかりの酒は、口に含むと鮮烈なアプリコの香りが花開く。

果実の存在感がある一年目の酒は、まるで蜂蜜のような明るい黄金色だ。恐らくこれから時間をかけて味も色合いも深みを増し、やがて果実と酒精が渾然一体《こんぜんいったい》となった、まろやかな味へ変化していくのではないだろうか。

……なんて訳知りなことを考えてしまうけれど、本音はもっと熟成されたアプリコのお酒も飲んでみたい。三年物、五年物と飲み比べてしてみたいというのが、酒呑みの正直な感想だったりするのだけど。

「うん、美味しい。わざわざここまで来た甲斐《かい》があったわね」

「……甘ぇな」

「ふふ、カイスには甘すぎるのかな。でも、酒精は結構強いんじゃない？」

一口飲んでなんともいえない表情になったカイスは、グラスを一息で煽《あお》り、すかさずテーブルの上にある干し肉を口に放り込む。

皿に盛られたのは、この村の名物だという干し肉とチーズだ。

スパイスたっぷりの調味液に肉を漬け、家の軒先で寒風に晒《さら》して作るという干し肉は、真っ黒な外側から想像できないほど鮮やかな薔薇《ばら》色だ。カンナのような道具で薄くスライスするらしい。

添えられたチーズはブルーチーズの一種だろうか。鼻にツンとくる香りと舌をピリッと刺激する独特の風味が、甘いアプリコの酒をぐっと引き立てる。

「で？　ミキが探してたのはこの酒だったのか？」

「うーん、そうね、これだったかもしれないけど……」

あれは王都で開催された、商業ギルドの懇親会での出来事だ。試飲したトロカデロの果実酒に、かすかに梅の香りを感じたのだ。

だからこそ開封の儀の噂《うわさ》を聞いて、わざわざこの村までやってきたのだけれど……。私はじっと手の中の杯を覗《のぞ》き込む。

「王都で飲んだお酒とはちょっと違う気がするの。なんていうか、もう少しすっきりした甘さで……梅酒に似てる気がしたの」

もちろん、これはこれでとても美味しい。フレッシュな甘い香りとさらりとした口当たりは、特に女性に好まれる味だろう。

「梅酒？」

「アプリコに似た梅っていう果実を漬けたお酒よ。私の故郷ではよく飲まれているの。それに、もし梅酒があるなら梅干しもあるんじゃないかって、ちょっと期待してたのよね」

祖父母が紀州和歌山の人だからだろうか。私にとって、梅は生まれた時から身近な食べ物だった。

季節になると箱にぎっしり詰めて送ってくれる梅干しと梅酒は、毎年の楽しみだった。食卓には、いつも欠かさず小さな梅干しの壺が載っていたものだ。

だからだろうか、時々無性に梅干しが恋しくなってしまうのは。

懐かしい光景に思いを馳《は》せていると、カイスが訝《いぶか》しげに目を細めた。

「梅干しってのはそんなに美味いのか？」

「梅の実を塩漬けした物よ。私の大好物だけど、塩分と酸味が強いから、好みが別れるかもしれないわね。でもね、梅干しは身体にとてもいいの」

風邪気味の時に飲む梅醤番茶《うめしょうばんちゃ》。真夏の熱中症対策に、バッグに忍ばせた小さなカリカリ梅。体調を崩して食欲のない時でも、梅干しを添えたお粥《かゆ》だけは食べられた。

「そうそう、二日酔いの朝にもよくお世話になったな。胃がすっきりするんだ」

「ククッ、そりゃあミキにぴったりな食いもんだな」

「もう、笑いすぎ！　とにかく、小さい時からずっと食べてたから、時々無性に食べたくなるのよね」

「なるほど、そんなもんか」

アプリコのお酒を片手に、いかに梅干しが身体にいいか滔々《とうとう》と語っていると、不意に聞き慣れない声が真後ろから響いた。

「――ほう、塩漬けなんて、よく知ってるねえ。お前さんが探している物に心当たりがある。ちょっと待ってなさい」

「え？」

驚いて後ろを振り向くと、そこにいたのは先ほどお酒を開封していた老婆だった。

アマダグレと名乗る老婆はこの村の世話役で、アプリコ酒造りの名人なのだそうだ。同じ材料、同じ分量で漬けても、彼女が造る酒はひと味違うとは、ご機嫌で今年の酒を楽しむ客の談である。

詳しい話を聞くと、王都の懇親会に出品したのは同じアプリコ酒でも、村一番の古木から収穫した実を漬けた別物なのだと言う。

「昔から村で大切に守ってきた木があってね。どの木より早く、雪解けと同時に真っ先に花を咲かせるんだ。不思議なことに実は熟しても青いままでね。生食には向いてないから、もっぱら酒と塩漬けにして食べるのさ。さあ、よかったら試してごらん。私が漬けた自慢の十年物だ」

「十年物！」

こっくりした杏《あんず》色の小さな実は、ちょっと皺のよる姿が梅干しにそっくりで、いかにも美味しそうだ。私は口の中に上ってきた唾を、ごくりと呑《の》み込んだ。

「そんな貴重な物、私がいただいていいんですか？」

「もちろんさ。ただわかっているとは思うが、こいつはかなり酸味が強い。お嬢さんみたいな人の口には、刺激が強いかもしれないねえ」

「おいおい、嬢ちゃん興味本位で試すと後悔するぞ」

「そうだそうだ。やめとけ。村の人間だってそいつが苦手な奴は多いんだ」

少し意地悪な、まるで煽るようなアマダグレさんの口調。周りの客も、興味津々といった様子で成り行きを見守っている。

そんな中、私は期待に胸を膨らませながら、慎重にアプリコの塩漬けを摘まんだ。

「……っ！」

舌に載せただけで、脳天を突き抜けるような酸味が口いっぱいに広がる。思わず頬を押さえてぎゅっと目を瞑《つぶ》った私を見て、アマダグレさんは呵呵《かか》と大笑いした。

「ははは̶っ、いい反応だ。どうだいなかなか強烈だろう」

初めて食べるアプリコの塩漬けは、昔ながらの梅干しそのものだ。わずかな違いといえば、強烈な酸味としょっぱさのあとにほのかなアプリコの余韻を感じるくらいだろうか。そして紫蘇《しそ》や余計な甘さを足さない昔ながらの味は、無性に遠い故郷の祖母を思い出させる。私は目尻に浮かんだ涙をそっと拭った。

「……久しぶりに食べると強烈ですね。でも、私はこれくらい塩気が強くて酸っぱいのが好きです。塩を控えているのだと、どこか物足りなくて」

「ほう！　お前さん、よくわかってるじゃないか。よそにも似たような物はあるけど、これに馴れるとほかのは食べられないって、村を出た人間もわざわざ買いに来るんだよ」

「へえ、そんなに美味いのか」

その時、横からにゅっと伸びた大きな手が塩漬けを摘んだ。

「あっ、カイスそれは……！」

なんの躊躇《ちゅうちょ》もなく塩漬けを口に放り込んだカイスは、一瞬大きく目を見開いた。それから今まで見たことのないほど盛大に顔を顰《しか》め、乱暴な動作でテーブルの上にあったグラスを煽った。

「……んだこれ。腐ってんじゃねえのか」

不機嫌を通り越して、もはや怒ってるような険しい表情と口調。次の瞬間、店内のあちこちからどっと笑い声が上がった。

「ミキ、探してたのは本当にこいつで間違いねえのか？」

「う、うん。そうなんだけど……ふふふ」

「おい、笑うな。ったく、酷い目に遭ったぞ」

「だって、まさか一口で食べるとは思わなかったから」

「旦那、口直しにはこっちの酒がおすすめだ」

「この干し肉も食ってくれ。口の中が楽になるぞ」

店の中が賑やかな笑いに包まれる中、村の若い男たちが労うようにカイスの肩を叩《たた》く。

「旦那、こいつは村の外から来た人間が一度はやられる通過儀礼みたいなもんだ。気を悪くしないでくれな」

「俺なんて嫁の前でこれをやられてよ。あん時は泣きそうになったぜ」

「おう、そうか」

「さあさ、口直しにもう一度乾杯しよう！」

「おう！　乾杯だ！」

――この日、村に唯一ある食堂の窓からは、夜遅くまで暖かな明かりが外に漏れていた。

あとがき

この度は本書をお手にとっていただき、誠にありがとうございます。

「異世界の酒場で運命の男が待っていました　ぬるいエールを魔法で冷やして」は、第四回ムーンドロップス恋愛小説コンテストでパブリッシンググリンク賞を受賞した作品です。先にルキア様で電子書籍にしていただきましたが、今回ムーンドロップス様で紙書籍として出版していただく運びとなりました。

元々こちらは「温いエールを魔法で冷やして」というタイトルのウェブ小説でした。我が家の冷蔵庫が故障した時に、すっかりぬるくなったビールを前に、魔法が使えたらビールを冷やせるのに……なんて他愛のない妄想をしたのがきっかけで生まれました。

ジャンルとしてはいわゆる異世界トリップものですが、ファンタジーらしい血湧き肉躍るような展開も、ティーンズラブらしい胸を焦がすようなドキドキもないかもしれません。ヒロインのミキが美味しい食べ物とお酒とカイスにひたすら甘やかされるお話です。ですから、受賞の報を受けた際にとても驚いたのを覚えています。

改稿にあたり苦労したのが、ウェブ版と書籍版の差異をいかに少なくするかでした。

元々が隙間時間に読みやすいように一話読み切りで書いていたので、短い話をいかに違和感なく繋げるか、担当さんと何度もメールのやりとりをしたのは今ではいい思い出です。

ミキとカイス、そして作中にでてくるお酒が、仕事や学業、家事に育児と、毎日忙しい日々を送る皆さんのささやかな息抜きになれば幸いです。

最後になりましたが、本書を作るにあたりご尽力くださったすべての皆様に、感謝の意を捧げます。

ウェブ連載時から応援してくださった読者の皆様、本書ルキア版に素敵なレビューを寄せてくださった皆様、担当者様、出版社様、デザイナー様、イラストを担当してくださったなま先生、ルキア版のイラストを描いてくださった逆月酒乱先生、そして出版に関わったすべての皆様、本当にありがとうございました。

また別の作品でお目にかかれることを楽しみにしております。

本書は、電子書籍レーベル「ルキア」より発売された電子書籍『異世界の酒場で運命の男が待っていました　ぬるいエールを魔法で冷やして』を元に加筆・修正したものです。

★著者・イラストレーターへのファンレターやプレゼントにつきまして★
著者・イラストレーターへのファンレターやプレゼントは、下記の住所にお送りください。いただいたお手紙やプレゼントは、できるだけ早く著作者にお送りしておりますが、状況によって時間が掛かる場合があります。生ものや賞味期限の短い食べ物をご送付いただきますとお届けできない場合がございますので、何卒ご理解ください。
送り先
〒160-0004　東京都新宿区四谷3-14-1　UUR四谷三丁目ビル２階
（株）パブリッシングリンク
ムーンドロップス 編集部
○○（著者・イラストレーターのお名前）様

異世界の酒場で運命の男が待っていました
ぬるいエールを魔法で冷やして

２０２１年８月１７日　初版第一刷発行

著……………………………………………… このはなさくや
画…………………………………………………………… なま
編集………………………… 株式会社パブリッシングリンク
ブックデザイン………………………………………… モンマ蚕
（ムシカゴグラフィクス）
本文ＤＴＰ……………………………………………… ＩＤＲ

発行人………………………………………………… 後藤明信
発行………………………………………………… 株式会社竹書房
〒102-0075　東京都千代田区三番町８－１
三番町東急ビル６Ｆ
email：info@takeshobo.co.jp
http://www.takeshobo.co.jp
印刷・製本……………………………… 中央精版印刷株式会社